主编　凌翔　　　　　　　　　当代著名作家美文自选集

狗这一生

刘霄　著

民主与建设出版社
·北京·

© 民主与建设出版社，2020

图书在版编目 (CIP) 数据

狗这一生 / 刘霄著 . —北京：民主与建设出版社，2020.2
 ISBN 978-7-5139-2939-4

Ⅰ.①狗… Ⅱ.①刘… Ⅲ.①散文集－中国－当代 Ⅳ.① I267

中国版本图书馆 CIP 数据核字（2020）第 033066 号

狗这一生
GOU ZHE YISHENG

著　　者	刘　霄
责任编辑	周佩芳
封面设计	陈　姝
出版发行	民主与建设出版社有限责任公司
电　　话	（010）59417747　59419778
社　　址	北京市海淀区西三环中路 10 号望海楼 E 座 7 层
邮　　编	100142
印　　刷	唐山楠萍印务有限公司
版　　次	2020 年 7 月第 1 版
印　　次	2020 年 7 月第 1 次印刷
开　　本	710 毫米 ×1000 毫米　1/16
印　　张	14
字　　数	200 千字
书　　号	ISBN 978-7-5139-2939-4
定　　价	49.80 元

注：如有印、装质量问题，请与出版社联系。

自序　低等动物与高等动物

一

这本书里收录的均为低等动物。

我说的"低等动物",是相对于"高等动物"的人而言的。

人给自己下的定义是"能制造工具并使用工具进行劳动的高等动物。"

其实,不管"低等"也好,"高等"也罢,这些都是修饰语,中心语还是"动物"。

说到底,我们都是一群动物。

当我对书里涉及的低等动物进行归纳总结时,才发现,它们的很多本领,是高等动物的人所不具备的。如鱼儿可以待在水底而淹不死,水黾可以爬在水面上而沉不下,马可以站着睡觉而摔不倒,猫可以跳到五倍于身体的高度,壁虎可以自断尾巴而重新长出来……

最为厉害的是，在地震发生前，几乎所有的低等动物都会提前感知到，并做出各种反常的举动，唯独这高等动物却浑然不知。所以每一次大地震的到来，都会有不同程度的人员伤亡，而历史上那些有名的大地震所造成的人员伤亡数更是以十万计。

高等动物的人发明了自己的语言，觉得很伟大，其实低等动物也有自己的语言，只不过是人听不懂，有时还听不到。如，一只蚂蚁发现了食物，一会儿的工夫其他蚂蚁就全到了；一只马蜂受到了攻击，一会儿的工夫其他马蜂就来支援了；一只青蛙"呱呱"唱了两声，其他青蛙跟着就"对唱"了；深夜里，一只狗吼一嗓子，村庄里所有的狗都跟着吼一嗓子……

人因为具有话语权，所以把自己定义为了高等动物，还给自己弄了一个非常牛哄哄的封号——"万物之灵"。对此，我基本不敢苟同。

我认为，以己之长比人之短，这样不太合适。

二

与高等动物交道打的多了，我现在更喜欢低等动物。

那些低等动物虽然智商不及高等动物，但它们单纯而善良，从不去算计别人。所以高等动物中的计谋与韬略，低等动物基本不会用在别人身上。它们只有在饥饿难忍时才会捕食猎物，而这些捕猎行为，也只是为了满足基本的生存。不像一些高等动物，捕猎纯属为了娱乐、刺激与舌尖上的快感。

低等动物中的一些种类虽然也很凶猛，但如果高等动物不去主动攻击它，它就不会主动出击。

低等动物身上的一些优良品质，更是高等动物所不具备的。如，一匹马在关键的时候可以挺身而出去营救它的主人，在极度危险的情况下，它甚至会舍身救主。一只狗对主人始终不离不弃，如果主人有事时，会奋不顾身地冲上去，与主人并肩作战。如果将二者颠倒的话，会出现相同的结局吗？

作为高等动物的人，一言不合就会翻脸，有时候翻脸比翻书还快，友谊的小船说翻就翻；帮了对方九件事，第十件没帮成，不好意思，接着翻；说好的借钱五天，结果五年过去后，没有丝毫偿还的意思，你不好意思催，他也不好意思还，于是便有了那句"不借钱，朋友没了；借钱，朋友和钱都没了"……

如果翻开历史，还会发现，同样是高等动物，一些人为了私利，他们会指鹿为马、黑白颠倒，会张冠李戴、借尸还魂，会瞒天过海、声东击西，他们还会人前一面，人后一面……

三

当然，凡事都有两面性，不可一概而论。比如说，高等动物中也有很多仁人君子。

以上算是序。

2019 年 8 月

目 录

狗这一生　001
此龟已待成追忆　005
鼠这一辈子　008
驴　013
蛇这东西　017
鸡这一辈子　022
乌龟　026
牛　031
马　038
羊　044
猪　050
猫　055
狼　061
狐狸　065

野兔　071
麻雀　077
乌鸦　083
喜鹊　089
燕子　095
鸽子　101

猫头鹰　105

青蛙　111

家中那只狗　117

宿舍里的小动物　122

厂区里的那只猫　126

厂区里的蛇　132

蟾蜍　138

一窝幼鼠　142

蝴蝶　146

蜻蜓与飞蛾　151

苍蝇、蚊子、跳蚤与虱子　156

鱼、虾、水黾与螃蟹　162

蚂蚁　168

蜘蛛　173

不知名的鸟　178

擦肩而过的小动物（上）　181

擦肩而过的小动物（下）　186

点头之交的小动物（上）　191

点头之交的小动物（中）　196

点头之交的小动物（下）　201

没有深交的小动物　208

后记　213

狗这一生

　　狗若无其事地伸着它长而薄的舌头，大摇大摆地行走在村庄的土路上，偶尔撩起它的后腿，在一块石头或一个土堆旁撒上一泡微不足道的尿液……

一

　　一条狗的伟大之处，就在于它对主人的忠诚，这一点，让其他家畜在主人面前黯然失色，望尘莫及。

　　在村庄，狗对主人的最大贡献，就是捍卫主人的财产不受损失，包括和狗朝夕相处的鸡、羊、牛和猪。

　　狗在为主人看家护院时，所能运用的唯一武器，就是那一张嘴和几颗零星分布的牙。一般情况下，狗是不轻易动用它那几颗物以稀为贵的牙的。

　　话语恐吓，是狗的第一选择。

而这话语恐吓，在不同场合也各不相同。

当狗以其敏锐的听觉感到"响动"在较远的地方时，便扬起头，朝响动处"汪汪"叫几声，带有明显的象征意义。

当狗看到一个陌生人站在大门口时，话语恐吓的程度会顿然加剧。一只聪明的狗，在朝目标恐吓的时候，也会讲究战略和战术，它会边恐吓边回头朝主人的屋子里望，大致意思是说："你待在屋子里干啥了？不赶紧出来看一看！没听见爷在外面叫喊吗？"

一条狗面对的最大考验、挑战甚至是蔑视，莫过于陌生人面对自己的恐吓，竟然义无反顾地悍然地走进了院中，全然不把自己当狗看。

狗勃然大怒。

狗发动了猛攻。两条前腿紧刨地面，前身倾，后身弓，原本为数不多的几颗牙齿在这一刻全部暴露在了嘴外，呈龇牙咧嘴状。这一自然流露的本能动作与文明的人类所讲究的"笑不露齿"形成了极具反差的讽刺效果。这一刻，话语恐吓的程度达到了巅峰。拴在脖子上的铁链也被扑得"哗哗"直响，大有"冲绳一扑为主人"的悲壮色彩。

能为主人如此卖力并不遗余力地去得罪另外一个人，除了狗，没有第二种家畜。

二

一条狗在主人面前表现的最好机会，是在它用语言和肢体向陌生人示威时，主人恰好出现了。这时，狗存在的价值已超出了它恐吓本身的意义。

一条狗，想成为一个合格的看门者，并深得主人宠信，就必须讨得主人欢心，并得到主人的认可。所以，和主人搞好关系，显得尤为重要。

一条狗见到主人时，必须狗脸相迎，并不断摇晃狗尾，以示此刻的心情是无比的兴奋和激动。万不可向驴学习，以一副修长的驴脸去迎接主人。

一条狗无论见到主人时多么高兴，也要掩饰内心的激动，要讲究方式和方法，切莫发出"汪汪"的声音来，主人不懂狗语，一旦产生误解，就事与愿违，适得其反。

三

一条选择了在村庄发展的狗，除了和主人搞好关系外，必须掌握看门的本领，学会看门的技巧。

一条狗太能咬人了不行。主人之所以让狗存在，其目的在于看门，而不是咬人。如果一条狗咬遍了村庄里所有的人，主人除了承担数额不小的医疗费外，还要笑脸相迎每一位被咬者，并说尽好话，赔尽不是，这条狗离它狗命不保的日子已经不远了。

一条狗不去咬人也不行。如果一条狗被陌生人大吼一声，或做一个弯腰捡石头的动作，就吓得"汪汪"乱叫，并灰溜溜地跑回了狗窝，这条狗离被主人遗弃的日子也没有几天了。

咬与不咬，以及怎么咬，是一门学问。

四

一条狗到了暮年的时候，基本上一切都看开了。不再像年轻时那样争强好胜，而是懒洋洋地躺在院子里，将头放在腿上，闭着双眼。当陌生人走进院子里时，睁开眼睛，瞅一眼，不吭一声，再将眼睛缓缓闭上。此时的主人已对它不抱任何捍卫财产的希望，念在多年看门的分上，也不会把它怎么样。狗活到这个分上，也基本自由了。

一条狗不管年轻时多么厉害，咬过多少人，等到年老的时候，没有人会再把它放在眼里，也没有人会再把它当狗看。

　　一条狗在老得不能动弹，只有出气没有进气时，便结束了自己的生命。

　　狗告别了它曾经撒过无数泡尿液的那块灰色的石头和那个黄色的土堆，告别了它曾经暗恋过的那条已经没有了牙齿的另一条狗，告别了它曾经咬过的有的健在、有的早它一步离去的人们，告别了那个它唯一生活过且一活就是一辈子的村庄。

　　狗走完了自己的一生。

　　主人拖着狗的尸体，朝村庄的尽头走去。

　　在掩埋狗的土堆旁，人们没有看见墓碑，更没有墓志铭。

此龟已待成追忆

一

以前对乌龟基本没有什么印象。如果说有，也只停留在一个成语上：缩头乌龟。

这都是书本上的东西。

乌龟到底缩不缩头，以及怎么缩头，缩到什么程度，就不得而知了。

纸上得来终觉浅，绝知此事要躬行。

一日，儿子从外地带回一只乌龟，背呈浅绿色，头部两侧各有一条红色的条纹，曰"巴西红耳龟"。

此龟龟背直径不足五厘米，将其托于手掌，重量不及二两，腹甲冰凉。摸其龟背，亦冰凉。

冷血动物，莫非连外壳和血液的温度都如此统一？

用手触摸其头，瞬间即缩于壳内，始知"缩头乌龟"名不虚传也。

待其略有放松,将头伸出壳外时,再摸其头,复将头缩入壳内。三摸其头,似已恼怒,龇牙咧嘴,有撕咬和攻击之状。

看来,"事不过三"是有道理的,即便是一只乌龟。

二

乌龟自入家门后,便未见其开口进食。

于是不得不求助于网络。

查阅了此龟的所有习性后,基本可概况为"喜食生肉、小鱼、虾等",遂大喜。

一日,携龟同游小湖,获小鱼一条,投入龟盒。龟见状,头瞬间弹出,将鱼吞入口中。奈何鱼大而口小,僵持数分钟后,复将鱼吐出。鱼头已全无。

到口的肥肉,付之东流。

三

接下来的日子,乌龟依旧不食,尽管我已数次更换不同牌子的龟粮。

眼看着天已渐冷,估摸着乌龟也快进入冬眠期,便将其放入箱内,置薄布而覆其身。此法亦来源于网络。网络这厮甚好,查啥基本有啥。乌龟睡相很酣,一周时间,竟不复睁眼。到八日左右,忽醒来,沿箱壁而游荡,因长时间未着水,眼已干涸而无法睁开。将其放入水盆,眼睛渐次睁开。恐其长时未进食而发育不良,遂将葡萄糖粉化入水中,试图通过其皮肤以渗透。回想自己幼年时,奶粉尚不得食,何况葡萄糖粉乎?生当此龟,口福匪浅焉!

又几日,龟一眼泛白,若盲状。急购红霉素眼膏、氯霉素滴眼液、盐酸金霉素眼膏先后试之，无效。又买高锰酸钾浸泡，亦无效。

龟虽不能言，抑或能言而人不懂，遂无法交流。然相逢一场，亦是缘分，不能坐视其失明。几经查询，联系妥一宠物医院，拟于次日手术。当晚时分，复将此龟放入含有头孢克肟的水中浸泡，次日一早，奇迹发生，龟眼恢复如初。

这厮，看来是不想挨刀，自己睁开了眼睛。

四

神龟虽寿，犹有竟时。

冬月初九日，龟似又从冬眠中醒来。行走几步后，便不再动弹，而将其脖颈伸长，似闭目养神状，遂将其安放于棉布之上。吾心中窃笑：这厮真会舒服。

次日中午，见龟状如初，甚觉好奇，拟将其再放入葡萄糖粉水中，以补充能量。然置于掌中时，龟姿依旧不变，细看，一只眼已塌陷，放入水中，浮于水面而不沉。

此龟已去矣。

五

人言"千年王八万年龟"，皆不实之词。

不可信！

不可信！

鼠这一辈子

一

龙生龙，凤生凤，老鼠的儿子会打洞。

一只老鼠，从其一生下来，注定是要打洞的，而且注定是会打洞的。

人也好，动物也罢，有一些本领，是与生俱来的，不用教也会。而另一些本领，本不是天生的，看的多了，也就会了。

打洞本来是老鼠的一种生存方式，就像鸟在树上筑巢，燕子在檐下垒窝一样，但用在老鼠身上，似乎和它的行为就有了某种关联。

洞穴，本就意味着见不到太阳，而见不到太阳，就意味着有些事情需要在暗地里进行，而在暗地里进行的事情，似乎又见不得人，见得人的话，又何须在暗地里进行？一旦见不得人，似乎就不是什么光明磊落的事，光明磊落的事怎么会见不得人？

同样是打洞，放在野兔和狐狸身上，就没有了另一种寓意，似乎正常的很。

洞穴不可怕，关键看谁打。

二

在老鼠的近邻——人看来，老鼠干的事，主要以"偷"为主，如偷食人的粮食，偷咬人的猪肉，偷啃人的书籍……这些大量的"偷事"，又坐实了其打洞的不光明磊落性，洞里或洞口的"赃物"就是最好的佐证。

老鼠的这一特性，又与人类中的另一个群体——贼，有了许多共性。

贼主要也以偷为主，这一点与老鼠高度吻合（以抢劫为主的，不叫贼，叫劫匪，比起劫匪，贼又低了一个档次，所以就有了"毛贼"与"悍匪"的区别。在动物界，猴子经常干"抢劫"的事，如抢劫游客手里的包、零食或其他东西，所以猴子比老鼠有出息，人家在花果山出了个"齐天大圣"，还大闹了天宫，最后修成了"斗战胜佛"，光宗耀祖的很。而老鼠混得最好的，也就出了个金鼻白毛老鼠精，若不是其干爹托塔李天王及时收走，早已死于八戒与沙僧之手）。贼大多是在夜里行动，偶尔会在白天下手，老鼠一般也在夜里行动，偶尔会在白天出来活动；贼走路一般蹑手蹑脚，不敢发出女士穿高跟鞋走在地板上的声音，老鼠也一样，走起路来悄无声息；贼的胆子很小，所以有"有贼心，没贼胆"之说，而老鼠的胆子更小，小到"胆小如鼠"。

鉴于老鼠与贼的诸多共性，人们便自然而然地将二者联系到了一起，并为他们创造了一个成语，叫贼眉鼠眼。贼的眉毛和老鼠的眼睛确实是有一拼的。如果细心观察的话，会发现，贼的眉毛一般往上挑，眼睛往下瞅，专盯下三盘，贼的眼睛一般很少往上看。一个贼，绝不会盯着别人头上的帽子不放。老鼠的眼睛则滴溜溜乱转，专往上瞅。老鼠本来个子就低，且又趴在地上，眼睛已无须再朝下看了，要看只能往上看，能够对它生命构成威胁的，一般也多是高于其体形的猫或人，有时候狗也咬它，但这属于少数，毕竟狗吃耗子——多管闲事。

能将人的器官与动物的器官按功能类别如此珠联璧合的，"贼眉鼠眼"算是其中的杰出代表。

三

老鼠从一生下来，就开始了躲躲藏藏的生涯，像是逃难。

据说蛇见了老鼠要吃，猫头鹰见了老鼠也要吃，但这两种动物吃老鼠的场面，我没有见过。见得最多的，是猫吃老鼠。

猫一旦发现了老鼠，便高抬腿低落足轻轻地走了起来，没有一丝声音，待要攻击时，便前身倾后身弓，两条后腿一发力，瞬间冲了过去，一口便将老鼠咬在嘴里，然后从鼻孔里发出"呼噜噜"的声音，这声音，比平日里的打鼾声又高了几个分贝，像是在炫耀，有胜利者凯旋的意味。

猫吃老鼠时吃法很独特，甚至有点另类。狮子吃羚羊时，一口咬断脖子，大口撕咬起来，有大碗喝酒、大块吃肉的豪迈。猫则不然。猫咬住老鼠时，不急于立即咬死，而是先咬一口，给予其重创，然后再将老鼠放了下来。老鼠一看自己未死，拔腿就跑，但速度已远不如被俘虏前的状态，明显慢了许多，猫也不像刚才那样冲刺般去追击，只是往前一跃，又将其咬在嘴里，片刻后再将其放下。但凡敢将自己口中的猎物重新吐出口外，肯定是有十足把握的，否则也不会如此轻率。艺高人胆大，说的就是这。老鼠二次被咬，元气再次受到重创，速度又不及刚才，再次逃跑时，猫已懒得用嘴去咬，一伸前腿，一爪子便将其拨拉了回来，老鼠再跑，猫再拨拉。一阵折腾后，老鼠已是筋疲力尽，趴在地上一动不动，坐以待毙。猫看时机已成熟，一口咬下去，老鼠一命呜呼。整个过程，更像是虐杀。

四

有时候，老鼠即便能躲过猫的追杀，也很难逃过人的捕杀。

有一种专门批量生产的铁器，约一尺长半尺宽，叫"耗夹子"，是专门给老鼠准备的。老鼠的小名叫"耗子"，"耗夹子"由此而来。

将耗夹子放在老鼠经常出没的地方，在上面放一小块肉，再把弹簧反转后用细铁棍别住，老鼠吃肉时，便会触动铁片，细铁棍立即脱落，弹簧瞬间弹回，将老鼠死死夹住。由于耗夹子弹力太大，老鼠被夹住时，非死即伤。很多时候，在耗夹上会发现一只已经死去的老鼠。当然，耗夹子也不是屡试不爽，有时也会夹空。"啪"地一声响，老鼠跑了，肉也被吃了。偷鸡不成蚀把米。当然还有更糟糕的事情——老鼠没夹死，耗夹子没了。当遇到个头大的老鼠时，耗夹子正好夹住了老鼠的尾巴或是后腿，老鼠一跑，连耗夹子也带走了。赔了夫人又折兵。

再后来，老鼠药已横空出世，一些被毒死的老鼠，会经常裸露在人们的视野内。老鼠药虽然药劲大，效果好，但也有副作用。如，猫吃了被毒死的老鼠，猫死了。狗吃了被毒死的老鼠，狗死了。鉴于毒性的连锁反应，谁家要是偷偷使用了老鼠药，也不敢声张，这就像两个武林人士在对决，一人突然使用了暗器，这终究不是件光明磊落的事，为江湖所不齿。

老鼠与狗本来没有什么瓜葛，但狗若看见一只老鼠在院子里溜达，会猛地扑上去，试图咬一口，于是便有了上面提到的"狗吃耗子——多管闲事"一说。其实从看家护院的角度考虑，不让主人的东西被"贼"偷走，狗是在履行自己的职责，并没有越位。而这"贼"又是一个广义的概念，既包括了人，也包括了老鼠，必要时可能还会包括黄鼠狼。"狗吃耗子"这桩公案，应当给予平反。

五

世间上的事，有时候充满了滑稽。

鉴于"老鼠过街——人人喊打"的缘故，使得老鼠一生都在东躲西藏，但在十二生肖里，它却位居榜首。榜首，就是第一。第一，就是排在最前面的那一位。状元不也就是个第一吗？而老鼠的天敌——猫，却无缘此列。莫非真应了那句话——"如果上帝关了你一扇门，就会为你打开一扇窗"？

若果真如此，这门关得动静有点大，这窗开得动静也不小。

驴

一

驴以两个方面的特征著称于世，一个是驴鸣，另一个是驴鞭。

二

驴喜欢仰起脖子鸣叫。

其实喜欢仰起脖子鸣叫的，不止是驴。牛也喜欢仰起脖子"哞哞"叫，羊也喜欢仰起脖子"咩咩"叫，狗也喜欢仰起脖子"汪汪"叫，种类不同，叫声各异。

然驴之叫，却以高亢悠扬和极具穿透力而位于"高音"者的行列，并独树一帜。

村东头的一头驴叫一嗓子，村西头的人和驴都能听得一清二楚。南山上的一头驴叫一嗓子，北山上的人和驴都能听得到。两个距离不远的村庄，这村的驴叫一嗓子，那村的人和驴都能听得到。

驴叫时，不但人和驴都能听见，其他的动物也能听见，但它们听见后没有太大的反应，驴叫驴的，它们干它们的，互不影响。人则不一样。人听见驴叫时，总要琢磨一下这是谁家的驴在叫。驴听见自己的同类在叫时，不但知道这是谁在叫，还会认真倾听它说了些什么，比如，这些话里有没有提到自己。人不同于驴，驴的话他们一句也听不懂。驴和驴则不同，对方每句话的语气和声调它们都一清二楚。

驴一旦叫起来，便没有即刻停下来的意思，没有个三声五声是不会收场的，整个过程一气呵成，气势如虹。

这也正是"驴鸣"名声在外的原因。如果它的鸣叫光有声音嘹亮而没有时间持久，也不行；如果光有时间持久而没有声音嘹亮，还不行。当声音和时间二者兼具时，便一"鸣"惊人了。

三

一头公驴经常会将自己的那一截又长又粗又黑又亮的东西露出体外，呈自然下垂状，伸缩自如，自娱自乐。驴的这一举动常常引得男人们侧目，并大有驻足观赏的意思，但一看到驴的这一截，便想到了自己的那一截，又自愧不如，用眼角的余光看几下，缓缓离开了，恋恋不舍。女人们则比较腼腆，看到这一幕后，脸上露出了害羞的神色，像是在公共场所看见了一对拥吻的情侣，便赶紧加快了脚步，感觉自己做错了什么。

人大多不知道驴的此举是要表达个什么意思，于是容易产生联想。比如会想到美国这样的超级大国，在向其他实力不如自己的国家展示其发达的肌肉。以己之长，比人之短，这样不太好。对于驴而言，这样是不谦虚的。驴如果能改一下这方面的毛病，也未尝不可。

反过来想，幸亏驴是一头驴，如果是人，麻烦可就大了。按照人类的相关法律，在公共场所裸露下体，是要按猥亵处理的，弄不好还会被治安拘留。从这一点讲，驴是幸运的，幸亏它活在了驴界，而驴界又没有出台相关的法律，其他驴也没有接受过普法教育，否则，把它打击处理一次后，量它也不敢再如此随心所欲，肆无忌惮。

四

除了"驴鸣"与"驴鞭"两个特征明显之处外，一些和驴有关的说法也被人们所熟知。比如，卸磨杀驴。

卸磨杀驴，是一个充满悲剧色彩的成语，比喻把曾经为自己出过力的人一脚踢开，或置于死地。其与"狡兔死，走狗烹；飞鸟尽，良弓藏；敌国破，谋臣亡"基本属于同类语义。

在一些国度的政治斗争、干部使用和企业管理中，卸磨杀驴已成为一种很普遍的现象。如果遇到一个没良心的主人，拉磨任务一旦完成，留不留驴，意义已不大，杀与不杀，全在其一念之间。

对于一头无法掌握自己命运的驴，只能任人摆布。

五

与驴相关的，还有一个"驴脾气"。

"驴脾气"其实主要是说驴比较犟，和形容人脾气不好的"脾气"，多少有点区别。

一个脾气不好的人，易怒，易暴躁，还容易攻击他人。

驴则不一样。即便是一头脾气很大的驴，也不会轻易去怒，去躁，更不会轻易去攻击他人。

驴的性格整体上还是比较温顺的。

说"驴脾气"比较犟，是说驴在处理一些事情时反应不灵活，甚至死板。

驴一旦有它认准的理，就会按照自己的认知和想法去行事，完全不理会主人的想法，更不会去考虑自己如此行事会不会有违主人的意图。至于主人的感受，驴压根儿就没有去想，如果去想的话，它就不是驴了。

一头驴如果不愿趟过一条河，即便主人怎么生拉硬拽，它都会站在原地，一动不动。主人往前拉，它的身子就往后倾，一副南辕北辙、各奔东西的态度。

主人一生气，便会鞭子或棍棒相加，但驴不会有丝毫的屈服与退让，依旧雄赳赳气昂昂地挺立在那里，任凭这雨点般的打击从天而降，一副视死如归、大义凛然的傲骨。

从这一点看，驴完全具备了宁死不屈的潜质。

我常常想，假如有外敌入侵时，如果人人都具有一副驴的品质，这个国家还会有汉奸出现吗？

世有犟驴，其骨铮铮。

向驴致敬！

蛇这东西

一

在身边的动物里，我最不想见到的就是蛇。

别的动物生气时，有可能咬你一口，比如狗；也有可能挠你一爪子，比如猫；还有可能撞你一头，比如公羊；当然，也有可能踢你一蹄子，比如马。但这些动作一般构不成生命危险。蛇则不然。蛇咬你一口，你就有可能一命呜呼了。

蛇，一度成为村庄周围最危险的动物。

鉴于蛇的存在，无论你行走在山坡，还是劳作于田间，抑或是仰躺于地头，都需随时注视地面的风吹草动，如果胆敢漠视你的脚下或身下，而以一种仰望星空的姿态阔步前行，或是酣卧于大地之上，后果很严重，一不留神，就会与蛇来一次亲密接触。

我讨厌蛇。

喜欢蛇的，好像也没有几人。

蛇不招人待见，除了其可怕的毒性外，还有其丑陋的外表。有人是笑里藏刀，蛇却是表里如一。

蛇长而软且无腿的外形，像一条放大数倍的蚯蚓，身上虽然覆盖着一层光溜溜的鳞皮，蠕动起来竟出奇得快，还时不时从嘴里吐几下信子。别人的舌头都叫舌头，它却叫信子，信子就信子吧，还不完整，偏偏要分个叉，像两根游丝。它是要将另类进行到底。

蛇的舌头不但另类，它的头同样也很有特色，像是被门挤了一下，扁的。一张大嘴巴张开后极其夸张，感觉能撑开到一百八十度，而这张大嘴又像是把头部分成了两半。

敢集"毒与丑"于一身，且不屑一顾地面对世人的，除了蛇，我还没有想到第二个品种。

二

在蛇经常出没于山间与草丛的那几年，也是我在村庄四周密集游荡的那几年。在同一个区域，彼此活动得频繁了，免不了要碰个面，产生一点交集。

有一次，我正在一块被太阳晒得热乎乎的大石头上躺着，无意间低头看了一眼石头下面的缝隙，里面居然有一条蛇盘卧在那里。我在石头上，蛇在石头下。我没有去扰它，它没有来咬我。大家相安无事。

还有一次，我们几个小朋友在一处房檐下寻找鸟窝，在一个黑乎乎的窟窿里，竟听见了"嘶嘶"的声音，隐隐约约看到了一张硕大的嘴，很显然，那是一条蛇。它居然钻到了房檐下，在向我们示威。我们落荒而逃。

又有一次，我们正在地里割莜麦，一条蛇从麦垄之间穿行而过，当它从我身边经过时，怯怯地望了我一眼，眼神满是恐惧。我一动没动，任由其通过，尽管我手里拿着一把镰刀，且随时可以将其砍为两截。蛇通过我身旁的一刹那，速度明显比先前快了许多，露出了浓浓的仓皇逃窜状，看着它一副狼狈的样子，我发出了轻蔑的笑声——盛名之下，其实难副。有时候，你看它外表很凶，其实它内心胆怯得很。外强中干，不过如此。

三

有一次，我差一点就与蛇擦枪走火。

那是一个中午，母亲正领着我从地里回家，当我一只脚正迈向两块地中间的圪塄时，一条酒瓶口子粗、灰黑相间的蛇一圈挨着一圈赫然盘卧在那里，像一盘放大的蚊香，其占地面积，相当于一只洗脸盆底子大小，倘若伸展开来，至少在一米开外。由于惯性，我迈出去的脚已无法收回，就在这刹那之间，母亲猛地将我拎起，从蛇的上面跨了过去。我被惊出一身冷汗，不由得后怕起来。倘若当时一脚踩下去，正好踩在了蛇身上，或是踩在了蛇头上，这一脚偏偏又踩它不死，正好给了它一个反击的机会，一口下去，我小命难保。

有时候，生死就在一瞬间。

有时候，一失足成千古恨，再回足已不可能。

四

除了与蛇面对面接触，关于蛇的故事和传说，也有很多。

说刘邦当年斩蛇起义后，蛇一直找其偿命，刘邦只得应付道"等到了平地再说"，于是等到了汉平帝时，王莽篡位，立国号为"新"。后来人们说，平帝，即平地；莽，即蟒。

说一人经常往死打蛇，一日，突然遇到了复仇的蛇王——一条红色的蛇，蛇王一路尾随，一直跟到了他的家里，此人深知杀业太重，便向蛇王跪地求饶，承诺从今以后再不打蛇，蛇王才转身离去，没有将其咬死。

说一条正在修建的铁路正好被一座山挡住了去路，当施工队向纵深挖掘此山时，突然听到了里面嘈杂的"沙沙"声，山里面居然全是蛇，这是一座蛇山。施工队不敢继续贸然开挖，只能绕路而去。

五

离开村庄若干年，当再次回到当年的山丘、田间与地头时，竟不见了蛇的踪影，一条也没有。分别的时间太久了，有时候竟产生了再看一眼那些家伙的想法，但终没有如愿。

莫非在我离开村庄的时候，它们也进行了集体迁徙？

六

虽然在当年的村庄，已难再与蛇相遇，但在梦中，却经常会见到它们，那场面比现实宏大了数百倍甚而数千倍。

在我行走的任何一处地方，都布满了密密麻麻的蛇，可谓三步一岗，五步一哨，有卷曲的，有笔直的，有半曲半直的，但无论哪一种姿势，它们都静静地躺在那里，一动不动，像是装死。刚要落脚，忽然发现脚下也是一条蛇，正欲换个地方，发现前方依旧躺着一条蛇。好不容易从满是蛇堆的空地逃到一处树林里，抬眼处，树枝上竟挂满了蛇。一不留神，一条蛇会爬到身上，恶狠狠地咬上一口，抑或缠绕在脖子上，试图将我勒死。

每次梦中见蛇，都会被其惊醒，浑身是汗。

这厮，虽然已多年不见，梦中偶遇，也让你不得安宁。

看来，此生与这厮已没有和解的可能。

鸡这一辈子

一

鸡一生都活在争议之中。

从冲破蛋壳的那一天起，就面对着"先有鸡，还是先有蛋"的争论。

鸡本打算找蛋问个究竟，蛋却终究不开口。

在与蛋无法对质之后，"先有鸡，还是先有蛋"，便成了一宗历史悬案。

若仅仅是与蛋的先后顺序之争，也就罢了。

之后发生的事情，却对整个鸡类的名誉权构成了极大损害。

鸡做梦也没有想到，自己整天大门不出二门不迈只知低头下蛋，却莫名其妙地成了人类中一个侮辱性的代名词。

鸡蒙受了极大的冤屈。

在无数个夜里，鸡都扪心自问，在她的大半生里，她都洁身自好，只接受过主人院子里的那只唯一的公鸡,从来没有第二只。记得有一次,隔壁老王家的那只公鸡悄悄溜达进了主人的院子里,试图对她不轨,她拼命反抗,那只公鸡最终没有得逞,灰溜溜地走了。自那以后,那只公鸡再没敢轻举妄动。村庄里的其他鸡似乎也都知道了这件事,再从门口经过时,望一眼自己,眼神里都是恭敬与客气。桃色新闻的传播速度真是快得惊人。

鸡百思不得其解,人为什么要这样呢?

鸡没有去找院子里的主人——这个她们最熟悉的人去一诉衷肠。找到了主人,又能怎么样呢?主人一定会说"这话不知道是从谁嘴里说出来的",或者又会说"哦,还有这样的话,我怎么没听说?""现在这人,真是的!"

鸡也没有和院子里的猪或狗去倾诉,以得到些许的心里安慰。和它们说了,又能怎么样?有一天,鸡分明听到,院子外一人在大声喊叫着"死狗扶不上墙",鸡好奇地朝门外望了望,却发现这人是在朝另一人说话,旁边根本没有死了的狗,也没有墙。还有一次,鸡听到院子外有人说话的声音——"死猪不怕开水烫",她又好奇地朝外望了望,发现有人在边走路边打电话,他身后根本没有死了的猪,他手里也没有拎着装有开水的壶或是保温瓶。鸡有点莫名其妙——"人为什么都这样说话?明明是在说人,却非要把动物牵扯进来?"

鸡默默地承受了自己所受的冤屈,它同时也想到了身边的猪与狗。

鸡终究是有涵养的。

二

除了不能维护名誉权,鸡连自己的命运也无法掌握。

鸡从蛋壳里出来的那一刻起,其命运就掌握在院子里的主人手中。

鸡必须在这个院子里学会生存。

对于一只公鸡来说，除了和母鸡交配外，其对主人的价值，在于每天清晨的鸣叫，古人叫做"鸡司晨"。

叫，也有叫的学问，却不可"持嗓乱叫"。

鸡叫得太早了不行，容易惊了主人的春梦。春梦虽然是梦，离现实十万八千里，但对主人来说，春梦意境之美，回味之悠长，绝非现实所能实现。春梦之所以可贵，奥妙就在于此。人生能有几春梦？

惊了主人的春梦，后果很严重。如果主人恼羞成怒，一刀下去，鸡头不保。

一只鸡，叫得太晚了也不行。如果太阳已经照在了主人的屁股上，鸡才开始鸣叫，会误了主人的日程。一次延误，也就罢了，如果接二连三地误事，主人会觉得留下此鸡的意义已不大，一生气，鸡头依旧不保。

三

一只母鸡，对于主人的意义，就是下蛋。

一只母鸡，如果只知道一味地下蛋，那就枉活了一辈子。

一只母鸡，如果连一颗蛋也不下，恐怕连一辈子都活不到。

一只有经验的母鸡，会在自己的能力范围内下蛋，绝不会去逞强。能下鸡蛋那么大的，绝不去下鹅蛋那么大。一只母鸡如果天天努力下鹅蛋，一旦恢复了鸡蛋，离鸡头不保的日子也就近了。

除了蛋的个头，数量也是关键。

一只母鸡，蛋下多了不行。太能下蛋，容易让主人当作聚宝盆养了起来，一旦蛋的数量减下来，主人便会抱住鸡屁股在金灿灿的阳光下，照个没完，摸个不停，当确定此鸡已无蛋可下时，要么被杀掉，要么被卖掉，"咔嚓"一声，身首两分，只是迟早的事情。

一只母鸡，蛋下少了也不行。如果三五天只下一颗蛋，就会让主人觉得生产能力低下，其结局也基本只有两种，要么被杀掉，要么被卖掉，"咔嚓"一声，身首两分，也不过是迟早的事情。

有时候，一个看上去离头很远的蛋，却决定着头的去留。

蛋，离头很远，离命很近。

四

一只鸡步入"肉老蛋衰"时，它的一生也基本快走完了。

当清晨的第一缕阳光照在松弛的土坯院墙时，一只步履蹒跚的老鸡颤巍巍地从鸡窝里钻了出来，在墙角下的一片虚土里刨一个不大的土坑，然后缓缓地卧下，微闭双目，享受着阳光的抚慰。

一只鸡若能够活到这种地步，也基本摆脱了挨刀的命运，可以安享晚年了。它苦涩而生硬的鸡肉，已对主人没有任何诱惑力。

又是一个清晨，当睡眼蒙眬的主人将一盆黄澄澄的尿液泼向土堆时，一只一夜未归的僵死的鸡被尿液的冲击波震动得微微动了一动，主人瞟了一眼，没有反应，拎着那只还在滴着尿点的尿盆走回了院中……

乌龟

一

在家里的龟缸里,有五只龟。

最早是六只,死了一只,只剩下了五只。

其实再往前推,一共有九只,中途陆续死掉了。

剩下的五只龟里,有两个品种,一种是巴西龟,另一种是黄斑侧颈龟。

面对这群乌龟,我的任务是每天用一根塑料胶皮吸管将它们的粪便吸出,然后隔上两天将它们取出来进行喂食,然后再隔上几天清洗龟缸并换水。

二

我养龟,纯属"奉旨"行事,而非自愿。

那是两年前，儿子去了一趟青海湖，回来时便带回一只龟来，自此，家中乌龟不断。

对于乌龟，儿子只负责观赏，其余的事情由我负责。

这让我想起了一句话——我当儿子时，老子说了算；我当老子时，儿子说了算。

虽然现在正式养起了龟，但与龟的一段故事，却发生在二十年前。

那时正在上大学，一日在集市闲逛，见一群人围一龟，龟之大，直径达五十厘米，体形竟与脸盆相近。龟被置于玻璃盒内，盒顶置一口，以通风，盒内散落着面额不等的钞票。操着一口东北口音的男人在向围观群众介绍着这只"神龟"：此龟已百岁，有灵性，投入的钞票若能被龟背吸住，证明投币者绝非常人。伴随着滔滔不绝的话语，龟主人几颗零星的唾沫飞溅到围观者的脸上。

围观者试图验证自己为"非常人"，纷纷慷慨解囊，然无一币被吸者。同学好奇，一人曰："咱们也试试？"其余回应："试试就试试。"币落盒内，如泥牛入海，皆从龟背滑落。我心里正嘀咕："龟背怎么会吸住纸币？"一同学用手指捅了捅我："你也试试。"我从衣兜里将面值最小的一张皱皱巴巴的二角纸币投了进去。奇迹居然发生了，"啪"的一声轻微响，纸币粘在了龟背上。周围的人迅速投来了惊诧与钦佩的目光，仿佛我才是盒内的"忍者神龟"。我赶紧挤出人群，消失得无影无踪。

三

虽然养龟比较麻烦，尤其是清洁龟缸那一项，没有三四十分钟，根本下不来。

但凡事都有两面性。

饭后无事，坐于缸前，看乌龟游来游去，却是一件十分惬意的事。

由于品种不同，两种龟游泳的姿势也不尽相同。

黄斑侧颈龟属深水龟，水性果然了得，轻轻一点，整个身子便划了出去。有时，前肢前倾，后肢与缸底呈一锐角，保持着一个姿势长时间立于水中而不动。有时，将整个身子悬浮于水中，不升不降，像一架在空中停留的直升机。

巴西龟游起来，则显得既用力又专注。着急或受惊时，便四肢乱动，大有狗刨的风范——动作有余，效果欠佳。

四

让太阳晒背，是乌龟每天必做的事情。

当午间的第一缕阳光照在龟缸的水面上时，乌龟们便渐次爬到了晒台上，享受着阳光的普照。与在水里时的各自活动不同，一旦爬到晒台，它们便玩起了叠罗汉——一个爬在另一个背部上。一会儿的工夫，便摞成了一堆。下面的龟也不生气，虽然上面背着另一只沉甸甸的龟。从这一点看，龟不像马，马一生气就尥蹶子，一尥蹶子便把背上的人抛于马下。

这一晒就是四五个小时。

刚开始时，我担心黄斑侧颈龟在水外逗留的时间太长会死掉，观察了几天后，发现那厮比巴西龟还爱晒太阳，比巴西龟还耐晒。继而想起了买龟时店主的一番话：黄斑侧颈龟是深水龟，待在外面的时间最长不能超过两个小时，否则会死掉。

卖龟者终究是卖龟者，养龟者才是知龟者。

五

龟缸里还有两只核桃般大小的巴西幼龟，看样子也就一岁多。一见有人过来，便急匆匆从晒台上逃走了，由于慌不择路，常常"脚仰背翻"，滚入水中。

其他体形较大、年龄在四五岁的龟则沉稳了许多，它们睁着眼睛看着来人，在确认对方只是看看而无其他举动后，便悠闲地又晒起了太阳。

与巴西龟被拎起来时龇牙咧嘴试图咬人以及没事时在黄斑侧颈龟的脑袋上咬一口相比，黄斑侧颈龟则温和的多。黄斑侧颈龟一般不去攻击其他的龟，被拎起来时，至多也是挣扎几下四肢。只有在非常饥饿时，才会低着头将其他龟的龟壳或四肢误咬一口。据此，我判断——此类龟视力不佳，有点近视。

六

养龟的另一个收益，是可以学习其养生之道。

我觉得，乌龟长寿，除了基因外，另一个因素就是生活习惯。

每天天一黑，乌龟就进入睡眠状态，天一亮即起来活动。这与古人讲的"日出而作，日落而息"正好相吻合。

乌龟在饮食方面，也控制得很好，吃饱后便不再进食。不像鱼，你敢喂，它就敢吃，直到把自己撑死为止。

我一直认为，人长寿必须具备几个条件：一是心态好，不生气；二是休息好，不困顿；三是饮与食，不太饱；四是身体畅，不淤堵；五是常锻炼，不过度。

如果非要按重要性对这几个条件排个顺序，那就按上面的顺序来。

又是一个正午,阳光直视着龟缸内的晒台,乌龟依旧伸长脖子享受着背部的抚慰。窗外,几只大雁飞过屋顶。

越过明净的窗户,乌龟眺望着天空。

看着乌龟专注的眼神,我仿佛洞悉了它们心里不便言说的秘密。

牛

一

比起马、骡子和毛驴，牛是脾气最好的大型牲畜。

我说的牛，是指在北方地区农村普遍饲养的用于耕地、拉车的黄牛，不指那种出现在斗牛场上攻击性很强的北非公牛，也不指水牛和牦牛。

我之所以写黄牛，是因为我和黄牛打交道的时间比较长，我们熟悉。

二

在村庄，一头牛生下后的命运就和自己的性别紧密联系在了一起。

如果一头母牛生下的牛犊还是一头小母牛，那它基本属于富贵之命，如果中途不出什么岔子的话，安享晚年是没什么问题的。如果一头母牛生下的牛犊是一头小公牛，其命运则不容乐观，安享晚年的可能性已基本没有了，甚至连长寿都可望不可及了，等它长大成年后，基本就被主人直接卖给了牛贩子，等待它的是其生命的终结之地——屠宰场。

同样是牛，只因一个性别之差，就走向了两端。

性别，有时候不是简单的重要，而是很重要。

性别这件事，其实与刚出生的牛犊本身无关，是公还是母，它们自己说了又不算。

能够说了算的，应当是它们的爹和娘。

如果说它们的爹和娘就能决定它们的性别，那还真抬举它们的爹娘了。它们的爹娘其实最多也只能决定它们的出生，具体到什么性别，它俩还真说了不算。准确地说，它们的爹娘只能推动事件的进展，事态后续的发展，已超出了它们可控的范围。

如果非要对公牛的命运讨一个说法，那也只能怪它的主人太过实用主义。

在主人眼里，一头公牛和一头母牛干起活来区别不是太大，对于耕地与拉车这样的活计，母牛就完全可以胜任，不必说非得公牛不可。尽管是母牛，毕竟是牛，一头母牛的力气也绝非其他公马、公驴、公骡等"公"字辈所能比，更别提公羊、公狗、公猪与公鸡了。

母牛除了可以胜任工作外，最关键的是可以下牛犊。下牛犊的另一层意思是，可以给主人带来经济收益。在这个充满竞争的社会，公牛最终输在了自己的短板——不能生育上，尽管母牛在生育时需要公牛的紧密配合。但在主人眼里，可以配种的公牛十公里以外的另一个村庄就有一头，拉去配种即可，最多是支付一点费用，自己又何必投入大量的成本再去养一头？

三

牛的主要工作场所，基本都在农田。

惊蛰过后，牛就开始下地耕作了。而在此前的整个冬季，牛基本上都在休养生息。

犁地与播种，是牛在春季的主要工作。将地犁好、整平，把种子种下，牛的主要工作也就结束了。这个时候，对牛最大的困扰是伙食不怎么样。春季是个青黄不接的季节，户外的新草还没有长出来，家里储存的饲料也基本快吃完了。所以，在这个季节，牛的色泽基本不怎么鲜亮。

对于牛来说，最好的季节是夏季。这时，温度已非常适宜，不像在寒冷的冬季瑟瑟发抖。在伙食方面，水草丰美，可大饱口福。再者，没有什么重要的农活需要出力。干的最多的活，也就是拉着空车陪主人到地里除草，对于一头充满力气的牛来说，这点活还叫个活吗？而除草时也不用牛自己去除，是主人在除，它在旁边看。

秋天一到，牛就开始忙碌了。在村庄，基本秉承着春种秋收的不变规律。春季播进地里的种子，秋季都是要收回果实的。有句话叫"秋后算账"，就是从这里引申来的。于是，在田间地头，在打谷场，在路上，到处都是牛工作的身影。

秋季虽然忙碌，但牛的伙食是非常好的，小麦、莜麦、大豆、豌豆、土豆、玉米、胡萝卜等农作物全部收获了，美味可口的伙食，也让牛在整个秋季长出一身厚厚的肥膘。

转眼到了冬季，寒风咧咧，北雪飘飘，牛的宿舍——牛圈，因没有火炉和暖气，就成了名副其实的"寒舍"了。好在牛比较抗寒，冷归冷，冻归冻，但基本不会感冒，所以，头痛发热流鼻涕这些症状一般不会出现。

时光如流水。眨眼间，四季就轮回了一次。

又是一年春季时。

牛卧在自己的宿舍内,嘴巴在不停地反刍,眼望前方,一副若有所思的样子。

它在琢磨什么呢?

四

牛干什么事情都不骄不躁,一副胸有成竹的样子。

牛低头拉着车,主人手牵着缰绳坐在车辕上,任由牛自己控制着方向,走在一条不太笔直的大路上。

村庄的大路基本就一条,就是那条已经被碾压得发白的土路,牛不会走错方向,它在这条唯一的大路上已走了多年。

遇到需要拐弯的路口时,主人只需向内拽一下或向外摆一下缰绳,牛就知道往哪个方向拐了,这和机动车的左转与右转基本属于一个道理。在一个不大的村庄,主人一共有几块地,都分布在什么地方,从哪条路可以过去,牛心里都清楚。牛需要得到的提示是,在这几块地中,主人要到哪一块去。

除了走路,牛在干活时也是一副不急不躁的样子。

有时主人心里着急,想让牛快走几步,便用手中的鞭子或细木棍在它身上抽打一下,牛便果真加快了脚步。但几分钟后,又恢复到了之前的节奏,四平八稳地走自己的路。似乎已将刚才的抽打抛到了九霄云外。

一头天生就是慢性子的牛,不是敲打几下就能改变的。

五

牛是以性情温和而著称的。

但情怀温和不代表没有脾气。

牛有时候也会发脾气，而发脾气的时候就会侧踢惹它生气的对象，这其中也许是人，也许是狗，也许是猪。

牛主动出击的时候比较少，除非对方确实惹它生气了，或者它认为对方对自己已经构成了威胁。

牛一般会用后腿去踢对方。这个踢法和马或骡子的尥蹶子还是有区别的。马或骡子在尥蹶子时，有时要跳起来踢。牛则不然，牛不起跳，站在原地直接踢，踢的时候也不是直踢，而是稍微偏一个角度——偏着踢。

牛属于重量级选手，让它踢上一蹄子，轻则出现淤青，重则被踢翻在地，再重则骨折。当然，要是不巧被它踢到头上的话，后果会是什么样子，就不得而知了。

牛发脾气时的另一种表现是用头顶对方，这种以头相撞的方式多出现在同类之间。

当两头牛"一眼不合"时，便会用头相互顶撞。如果两头牛中间还有一段距离的话，它们会要么各自进行小幅度的助跑，要么省略掉助跑径直走向对方直接顶撞。牛没有学过物理，不知道力的作用是相互的，因而也不知道自己顶撞对方一下，自己也会痛。如果双方都觉得是该顶撞对方了，便只管去顶，去撞，痛与不痛，才不去管呢。什么叫"牛脾气"，说的就是这。

如果两头牛都长角的话，两头顶撞时，其实是两颗头加四只角在较劲（牛头应该包含了牛角）。由于牛角比较锋利，这种用角互顶的方式是非常危险的，牛角划伤对方是常有的事。

我曾看过一段最危险的两牛相互顶撞视频。在双方都加速冲向对方时，两颗硕大的头颅撞在了一起，随着一声巨响，其中一头牛应声倒地，四肢抽搐了几下后，便一命呜呼了。

平时性情温和的动物，真动起手来，竟是一招毙命。

六

如果有一天牛死去了，它身体发肤的每一个部位，都会被人高效地利用起来。

牛活着时是宝，死后也是宝。

有个成语叫多如牛毛，还有一个成语叫物以稀为贵。这样听起来，似乎觉得牛毛很不值钱，其实不然。在过去，用牛毛做成的毡子，是非常暖和的。现在这种牛毛毡子已经不多见了，但在当时是非常受欢迎的物件。

牛头上的那对角，不但可以入药，还能做成牛角梳、牛角刀等饰品或工艺品。

在古代，起着提示将士冲锋陷阵作用的战鼓，其鼓面材料就是用牛皮制作而成的。随着工业的发展，战鼓演变成了后来的冲锋号。牛皮的角色也发生了改变，成为制作皮鞋、腰带的主要原料，而且价格不菲。

现在人们对饮食已越来越重视，尤其是对食疗，大有超越药疗的趋势。有些人坚持一种观点，认为吃啥补啥。比如说，吃动物的肾脏就补肾，吃雄性动物的生殖器就壮阳。于是，牛鞭便常被泡于酒中，牛宝便常被煮于锅内。我对这种说法一直持怀疑态度。如果真能吃啥补啥的话，吃一根牛尾巴，会补什么呢？

牛肉更是被广泛用于烹饪。如炖牛肉、涮牛肉、炒牛肉、卤牛肉、酱牛肉、红烧牛肉、烤牛肉、凉拌牛肉。此外，还有牛肉面、牛肉饺子、牛肉包子、牛肉馅饼、牛肉丸子。如果将牛肉风干后，便有了牛肉干。牛肉干咀嚼起来，油香可口，别有一番滋味。如果牛肉上再带点骨头的话，就有了烤牛排。牛的骨头也是熬汤的不二选择。就连牛的内脏，爆炒牛肚，也是一道知名度很高的家常菜。

牛如果不小心得了胆结石，连胆结石都是宝，还有着一个和胆结石很不沾边的学名——牛黄。以牛黄为主要材料制成的药物也不在少数，如牛黄上清丸、牛黄清胃丸、牛黄安宫丸、牛黄解毒片……

七

牛以任劳任怨的精神行走于人世与牛世之间，赢得了生前身后名。

鉴于此，人类总算没有忘记它，便将最好的一个褒义词名额颁给了它，以形容那些厉害的人物或某些人物所具有的某项超强技能，那就是——牛！如果再在这个字的前面加上一个字，那就是——真牛！

而村庄中的其他大型牲畜就没有这样的殊荣，比方说，何曾听说过——"这个人马！""这个人真骡！"

马

一

马是与牛、毛驴并列的大型牲畜。

二

在村庄，让一匹马去从事农活，似乎有点大材小用，委屈人才。

想当年，马可是将士们驰骋疆场、冲锋陷阵的不二坐骑，其风驰电掣的速度，绝尘而去的身姿，让牛与毛驴无法望其项背，只能望尘莫及。

翻看中国几千年的历史，几乎是一部战争史。每一个朝代的更替，无不伴随着战争。以和平方式实现朝代间权力移交的，很少。而每一场大大小小的战争，几乎都有马的身影，无论是以马为动力的战车，还是以马为坐骑的骑兵，抑或是以马为运输工具对伤员、粮食、帐篷、炊具进行供给的后勤保障体系。马成了那些年代战场上的不可替代物。

随着工业的发展，当汽车、坦克、飞机、步兵战车、装甲车出现以后，马在战场上的角色逐渐被弱化。

马跑的再快，也超不过那些喝油的铁怪物。

一个时代总有一个时代的产物。

美人迟暮，英雄白头，总有那么一天。

现在一些国家和地区虽然还保留了骑兵，但主要是执行仪仗、巡逻等任务，和那个曾经叱咤风云的"马时代"已渐行渐远。

当马扛起犁耙时，马回归了田园。

也许，这才是马真正的归宿。

一将功成万骨枯。人尚如此，何况马乎？几千年间发生的大大小小的无数战争，又有多少马匹血染疆场？

成王败寇，那都是人的事。谁执掌了江山，与马又有什么关系？

三

无论拉车还是犁地，马的速度都非常快，快到让牛和毛驴即便气喘吁吁也无法赶上的节奏。但比起在战场上奔跑厮杀的速度，这已收敛了很多倍。

从这一点看，马是急性子。马的性子正好与牛相反。牛凡事都沉得住气，慢条斯理，泰山压顶而不惊。

由于善奔跑的特征，在古代，马同时承担了另一个重要的使命——运输物资与传递信息。

在古代官方的陆路传输通道上设有驿站，驿站里都备有马匹，以便对跑累的马匹进行更换，目的是以最快的速度将物资或信息送达对方。

这就有了我们熟知的"八百里加急"与"一骑红尘妃子笑，无人知是荔枝来"。

倘若将马换成是牛或毛驴,"八百里加急"就成了一句空话,等荔枝来的时候,妃子恐怕已笑不出来,荔枝早就变味了,能不能吃,还不一定。

四

鉴于马与人类的密切关系,以及马对朝代建立、建设、发展的重要意义,历史上便出现了大量与马相关的情况。譬如,人们熟悉的伯乐与千里马。

鉴于那个时代马的特殊性,马产业也得到了蓬勃发展,如历史上著名的田忌赛马。

看一个行业、物种或物品热门不热门,受不受欢迎,从其有没有衍生出相关产业和服务,就可见一斑。当严禁酒驾的法律出台后,代驾业务便出现了欣欣向荣的局面,这一方面说明中国的酒局潜力巨大,另一方面也说明参加酒局的人中,很多是开车赴宴的,汽车保有量还是不错的。当网上购物成为趋势后,各种快递公司便百花齐放,这一方面说明官办邮政业务已不能满足市场的需求,另一方面也说明网购产业一片繁荣。

伯乐的出现,佐证了当时马的受欢迎以及马产业的昌盛。有个成语叫"马空冀北",说伯乐一经过冀北的原野,马群就空了,用来比喻执政者善于选拔贤才,没有遗漏。看来,伯乐确实是有两把刷子的。

在那个年代,一些品质优良的马,也会脱颖而出。这就叫生逢其时。比如,著名的赤兔马和汗血宝马。

古人讲"良将配宝马,宝刀配英雄",这是理想中的最佳搭配。这就如人们理想中的英雄美女、才人佳人搭配一样。理想终归是理想,与现实是两个概念。很多时候，往往是理想很丰满，现实很骨感。像关羽骑着赤兔马，拿着青龙偃月刀，毕竟是少数，而且还出现在小说里。英雄与美女，才子与佳人，同样是很难凑到一块儿的。现在的社会，土豪与美女，"财"子与佳人，倒是不少见。

如今的"伯乐与千里马"也引申出了新的语义，千里马也成为了人才的代名词。让马去寓意人才，这是对马极大的肯定。同样是大型牲畜的牛与毛驴，就没有享受到这个殊荣。

五

与马有关的成语，也不胜枚举，如果对这些成语进行归类的话，基本可以分为四类。

一是与战争或战争场面相关的成语。如千军万马、万马奔腾、一马当先、单枪匹马、金戈铁马、横戈跃马、盘马弯弓、招兵买马、厉兵秣马、兵强马壮、兵荒马乱、人困马乏、鞍马劳顿、人仰马翻、马革裹尸、汗马功劳、马入华山。

二是与马的速度或以马为交通工具相关的成语。如马到成功（不是牛到成功或驴到成功）、车水马龙、驷马难追、驽马十驾、马不停蹄、天马行空、走马观花、快马加鞭、悬崖勒马、信马由缰、马如游龙、人欢马叫。

三是与生活相关的成语。如老马识途、塞翁失马、青梅竹马、蛛丝马迹、马齿徒增、风吹马耳、声色犬马、指鹿为马、五马分尸、一马平川、风马牛不相及。

四是以马为喻体的成语。如龙马精神、倚马可待、心猿意马、马首是瞻、牛头马面、童牛角马、非驴非马。

六

马现在虽然已归隐村庄，但祖辈身上的一些基因，还是被遗传了下来，如站着睡觉。

据专家考证，马站着睡觉是为了保持警惕，防止被别的动物攻击。马站着睡觉不是说它不会躺着睡觉，人家不但会躺平了睡觉，还会半躺着睡觉呢。站着睡觉，只不过是众多睡姿中的一种。

马的性情不如牛和毛驴温顺，所以又有"烈马"一说。由于这一缘故，马具有较强的攻击性。

如果有人走近马身旁，当它感觉对方有可能威胁到自己时，会先发制人。腾空一踢或原地向后踢，是马的拿手好戏，整个动作完成得潇洒自如，一气呵成，如行云流水，没有半点拖泥带水。

除了这标志性的后踢动作，马是会咬人的。乘人不备，它会突然向人咬一口，防不胜防。咬的部位也不尽相同，可以是胳膊，可以是大腿，也可以是脸。马咬人脸时，根本没有考虑人破相的问题，当时只是一心想着去咬，至于后果，它没有想过。

如果有人骑到马背上，马又不愿意让人骑时，便会前腿腾空，身子后仰，直接将背上的人摔在地下。如果它心情不算太坏，也就仅限于这一摔。如果它心情比较糟，在人摔下的同时，还会凌空一踢再补上两腿，让对方感受一下连摔带踢的滋味。如果它心情极度不好，它会直接来个仰摔，仰面朝天把自己摔倒在地，把背上的人垫到地面和它背部之间，让其感受一下泰山压顶的千斤坠威力。

七

一个最温馨的画面常常会出现在人们面前：夕阳西下，一匹马儿在低头吃着草,其高大的身躯被投放成一道修长的轮廓,铺盖在绿油油的草坪上。一匹出生不久的小马驹,在母亲身旁活蹦乱跳,自我嬉戏。不远处的炊烟已冉冉升起。

　　一天,又要过去了。

羊

一

在北方，人们饲养的羊中基本有两大类，一类是山羊，另一类是绵羊。我小时候的村庄，人们主要以饲养绵羊为主，山羊很少。在这两个不同种类的羊中，如果按性别和是否被阉割来区分，又有不同的称呼。一只公绵羊，如果没被阉割，则称作葛迪（有的地方叫戈丁，音），如果被阉割，就称作羯子。一只公山羊，如果没被阉割，就称作骚牯（有的地方叫骚胡，音），如果被阉割，和绵羊一样，也称作羯子。

如果比照中国古代宫廷中的一些称呼，羯子就相当于人类中的太监。

看来，人和羊都一样，当身体的一些重要器官丧失后，称呼也就变了。

二

一只羊一生下来，其命运和一头牛、一匹马、一头驴大致是相似的，它们的性别基本决定了命运的走势。我在文章《牛》中，曾对牛的命运作过阐述，推牛及羊，羊也一样。

在村庄，主人养羊的目的主要是为了增加收入。

鉴于羊的体形较小，不像牛、马、驴等大型牲畜可以下地耕作、上路拉车。羊则不能。如果给羊套上犁具，仅一张犁，它都未必能拉得动，更别说拉着犁去耕地了。如果让羊拉一辆车，仅车身重量就有可能把它压趴下，更别说在车上载重了。

羊因无法参与主人最重要的农活，其在主人心中的地位自然与牛、马、驴就差了一个档次。这些大型牲畜在关键时刻毕竟是可以帮助主人出一把力的。

被主人卖掉赚钱，是公羊的一般性命运。母羊很少被卖掉，除非它已到了无法生育的年龄，或是因为其他原因，如某一条腿断了，无法行走。

主人养羊的另一个目的，就是吃羊肉。

除了大部分的公羊被卖掉外，少部分公羊在逢年过节时就被杀掉了。在主人饲养的这些牲畜里，羊是被杀掉最多的物种，其次是猪。牛、马、驴被杀掉的很少。杀了这些大型牲畜，谁去下地干活呢？

杀羊也是有讲究的。母羊不能杀，留着准备生产羊羔。公羊即便是被杀，也必须等到它长大了才杀。村庄里的人比较憨厚仁义，带"乳"字头的基本不杀也不吃。不像一些地方的城里人，没有他们不敢杀的，没有他们不敢吃的，什么"烤乳猪""烤乳羊""烤乳鸽"都可以入口。还有一些在村庄人眼里认为是很恶心的东西，一些地方的城里人也都可以吃进去。说一些地方的城里人有"三不吃"：天上飞的飞机不吃，地上跑的汽车不吃，水里游的船舰不吃，其他都吃。我觉得这句话虽然有非常大的夸张成分，但至少能反映出他们在吃方面的广度和深度。

三

羊的性情比较温顺，在主人饲养的牲畜里面，它能排行第一，其温顺程度超过了牛。当然，这是指母羊，公羊则不然。性别的不同，有时候会直接导致性格的不同。

在主人的大院内，牛、羊、猪、狗、鸡并存着，各自过着各自的生活。但同在一个屋檐下走动，难免要发生点交集。

有时，主人在院子里撒一把粮食，这把粮食本来是喂给鸡的，但猪也会跑过去。主人在撒粮时，"咕咕"地叫了几声，这明确是给鸡听的，鸡也知道这是在叫自己，一溜烟都跑了过去，在院子外面玩耍、觅食的鸡也都摇晃着臃肿的身子快速冲进了院内。但猪不管这些，它尽管知道这是喂鸡的，但也要过去抢着吃几口。猪知道，以它的体格，即便抢了鸡食，鸡也拿它没办法。在抢吃鸡食的时候，鸡还得躲着它，生怕被它咬一口。不像狗，要是有谁过去抢狗食，狗会龇牙咧嘴地发出警告声，弄不好，食没抢上，反被咬一口。所以主人在喂狗食时，猪一般不敢轻举妄动，最多在狗的饭盆旁哼哼唧唧地转着圈叫几声。主人在院子里一个专门为羊准备的槽子内喂羊粮食时，猪也会试图过去抢着吃几口，但一般都会被主人用大棒或皮鞭赶走。羊吃粮食时，鸡也过去凑热闹。在两只羊的脑袋缝隙间，鸡会快速伸进头啄一口，然后再迅速撤回来。否则，被羊挤一下，够鸡受的。不管是谁来抢自己的粮食，羊都温顺地接受着，没有半点抗议或谴责的意思和举动。它的温顺，有时候接近逆来顺受。

四

公羊则呈现出一副与母羊截然相反的性格。

如果一只公羊看见自己前面站着一个人，尤其是一个小孩儿时，它会默默地走到对方跟前，一头撞过去，把对方撞倒在地，然后若无其事地走开了，充满挑衅的意味。

如果两只公羊碰到一起，一会儿的工夫，两个家伙就会打起来。

羊打架不像人打架——手脚并用，羊打架时只用头。公羊一般头上都长着角，所以公羊打架时，连头带角齐上阵（头应当包含了角）。

公羊之间打架，一般不会像两头牛打架那样近距离顶头。公羊打架时都会往后退，退到一定距离时，二者同时往前冲。距离不够远，撞起来不过瘾。

随着"砰"的一声响，两颗羊头撞在了一起，听得旁边的人惊心动魄，感觉头骨都有撞裂的危险。没关系，羊头结实的很，再来。如此反复。两只公羊要结束一次打架，要么是因被人在中间分别抽了一鞭子或几鞭子，要么是因为其中的一只感觉不是对方的对手，主动逃去了。如果换成是牛，这么远距离的冲撞，也许一个回合下来，其中一方就毙命了。好在牛也知道后果，所以它们在撞头时，一般都是近距离顶撞或直接顶撞，远距离的很少。羊体重较轻，跑起来的冲撞力无法和牛相比，所以尽管它们都是在后退冲刺之后再撞，威力依旧有限，这样就很少会出现脑浆迸裂或一撞毙命的情况，尽管有时候撞击的声音很洪亮。

一些羊会得一种"转转病"，站在原地不停地转圈。有人说这是羊脑子里进了寄生虫，但我老怀疑是不是它在和别的羊打架时，把自己的脑袋撞坏了？

五

　　无论是动物还是人，在小的时候，都是比较招人喜欢的。譬如一只小羊羔。

　　小羊羔一出生，便"咩咩"地叫个不停，卧在地上挣扎着，试图站起来，母羊在舔舐着这个小家伙身上的黏液。几个小时后，被母亲处理得干干净净的小羊羔便勉强站了起来。再过上一会儿，便摇摇晃晃地开始走路了。

　　动物终归是动物，坚强的很。不像人。一个小孩儿如果过不了十几个月，是绝对不会走路的。

　　在阳光明媚的日子里，羊羔会三五成群地在主人的院子里奔跑着，从屋门跑到院门，再从院门折回屋门。那欢乐的身影，像是一群孩子在迎接属于自己的节日。

　　在奔跑的过程中，羊羔会矫健地将自己的身子凌空弹起，在半空中撒一个欢儿。其优美的身姿和潇洒的动作，让人不得不感叹——年轻真好！

　　羊羔有时候很调皮，它会故意跟在主人身后，用头顶主人的身子，似乎在说：来，玩儿一会儿呗！

　　当夕阳西下，出去一整天的羊群从山上向家里走来时，"咩咩"之声响彻整个村庄。同样在院子里待了一整天的羊羔，听到母亲的呼唤时，便箭一样冲向了大门口。在主人将大门打开的一刹那，门外的母亲与院内的孩子宛若久别重逢，急切的"咩咩"声交相辉映，不绝于耳。其实它们只分别了一整天。

　　羊羔快速地冲到母亲的身旁，跪着前腿，吸吮着香甜的乳汁。羊羔跪乳，也就此而来。

六

岁月就像一把杀猪刀，匆匆催促着生命前行的脚步，一刻不停。所以，孔夫子有了"逝者如斯夫，不舍昼夜"有感慨。

一批批的羊羔长大成羊，一批批的成年羊又走向老羊，而一批批的老羊最终都走向了死亡。

主人像一个送站者，送走了一批又一批。

直到有一天，主人也被岁月送走后，一切都重新开始了。

猪

一

小时候，在家里饲养的家畜中，牛、羊、鸡、狗、猪居多，这些可爱的家伙，将各自鲜明的性别特点淋漓尽致地展现在人们面前，彰显着这个世界的五彩缤纷。

二

在村庄，几乎家家都养猪。

养猪时，一般都是先从猪娃养起，没有人会去直接养一头成年猪的。

村庄里养成年母猪的并不多，有一两户人家饲养，已经算不错了。有时候，有可能连一户都没有。所以对于大多数打算养猪的人们来说，只能从别的人家去购买，"别的人家"就是饲养成年母猪的人家。当整个村庄都没有成年母猪时，人们只能骑着一辆自行车到邻村去购买了。

猪娃的含金量很高，不像狗娃。

如果一户人家的狗产了一窝狗娃，主人除了最多留下一只外，其余都得送出去。在村庄，一家基本只养一只狗，养两只的很少。养狗虽然是为了看家护院，但重在震慑。如果家里来了陌生人或进了小偷，狗一声吼叫，既提醒了主人，又警告了陌生人或小偷，看家护院的目的就已经达到了。让狗与陌生人或小偷进行打斗，并制服后者，这不是主人养狗的初衷。如果真的发展到了这一步，也只能说明事件没有得到有效遏制，致使事态得以扩大。

鉴于这种情况，在村庄，一户人家有一只成年狗就够了，再养一只狗娃就显得多余。多出一张吃饭的嘴来，就需要支出一部分费用。在那个人都吃得不是太饱或勉强吃饱的年代，主人会再多养一只狗吗？这些因素导致了狗娃身价的直线下降。

在村庄，没有买卖狗娃的传统，只有"送"或"要"的习惯。看着刚刚生出来的一窝小狗，主人便开始盘算着谁家的狗已经死了一段时间，谁家的狗已经老得没有了牙齿，谁家的孩子成天哭喊着要养一只小狗……

如果能够幸运地将所有的狗娃都送出去，那是最好不过的事情了，如果实在不能都送出去，最后的一只或两只也只能忍痛割爱扔掉。在一条离村庄不远的山沟内，被遗弃的狗娃发出了哼哼吱吱的呻吟，这声音越来越微弱，直至完全消失。

猪娃则不一样。

在村庄，没有赠送猪娃一说，必须购买。

于是，这样的场景便出现了。女人将挑选好的猪娃装进事先准备好的麻袋里，背在肩上，朝着自家走出。猪娃一路挣扎着，左冲右突，试图突围，但突围无效。如果本村没有人饲养成年母猪时，女人只能骑着

051

自行车到邻村去转悠。

三

　　一只被女人购买回来的小猪，面对陌生的环境，显得紧张而不安，蜷缩在屋子的角落里，露出怯生生的眼神。等过上半天的时间，小猪便对周围的环境逐渐有所适应。再过上半天，便基本适应了这个环境，开始在屋子里溜溜达达了。

　　小猪是非常可爱的。如果你和它玩耍，它会和你友好地互动。在阳光明媚的日子里，你如果坐在门前的石阶上，小猪便会在你身旁转来转去，把它那只圆滚滚的嘴隔空朝你拱来拱去。当你伸出一只手，试图给它挠痒痒时，它便警惕地往后退几步。当发现你并无恶意时，它便又上前一步走，把那只圆滚滚的嘴继续在你面前隔空拱来拱去。你再次将手伸出时，它还会警惕地往后退一步，但已不像刚才那么紧张，后退中有着犹豫的成分。当你第三次伸出手时，它便站在原地不动了，尽情地享受着这免费的服务。挠上一会儿后，它便觉得这服务不错，立即配合起来，要么两条前腿着地，身体的后半部分直立着，要么两条后腿着地，身体的前半部分直立着。等挠到舒服处时，它干脆顺势一倒，整个身子平躺在地上，四肢伸得直直的。

　　小猪的记性非常好。当你给它服务过一次后，它便能准确地记住你。再看到你坐在门前的石阶上时，它便径直躺在你脚下，将四肢伸得直直的，和上次一样直，继续等待着无偿的服务。你如果有事，没时间理它时，它便从地上爬了起来，跟在你身后，哼哼吱吱地叫着。如果你依旧没有停下来的意思，它便使劲将身子往你腿上靠，撞击着你的腿，提醒着它的存在。当你还是没有停下来的意思继续向前走时，它干脆挡住你的去路，一副无赖的样子。

四

因共同生活在一个大院内，猪与牛、羊、鸡、狗难免要发生点摩擦或冲突。

导致它们不和谐的原因，主要缘于抢食。

虽然猪、狗、牛、羊、鸡都有各自的圈舍，但它们一般都在天黑时才各回各家，白天时大家都愿意在主人宽阔的院子内溜达。

当主人将食物倒入院内的公共饭盆时，大家会一哄而上，牛除外。对于猪狗鸡同时感兴趣的食物，牛大都不感兴趣，也不过去凑热闹。有句话叫"狭路相逢勇者胜"，而在这空阔的地面上，基本不存在"狭路"一说，所以，"勇"的作用不是太大，关键在于"快"。谁的速度快，谁就可以分得一杯羹。主人倒食时，最早闻到味道的是猪。有人会觉得狗的鼻子灵，狗的鼻子是灵，但看和谁比了。和人比，狗的鼻子是灵，和猪比，狗的鼻子就逊色了一些。所以，第一个跑过来抢食的往往是猪。当猪狼吞虎咽地吃了好几口后，旁边的狗才跑了过来，鸡也摇晃着身子冲了过来。鸡因体形太小，只能在猪与狗脑袋间的缝隙处啄一口，然后赶紧将脖子缩回去。在确保自身安全的前提下，伺机再啄下一口。狗一旦跑过来，便龇牙咧嘴地从嗓子里发出"呼噜噜"的声音，以此恐吓猪，试图将其撵走。猪不甘示弱，边吃边哼哼着，以此抗议狗的恐吓。狗见恐吓无效，便掉过头来朝猪咬去。猪抬起头，张开它圆滚滚的嘴做撕咬状，双方形成对峙。就这样，你来我往，彼此都用声音和姿势试探着对方，谁也不敢轻易下口。鸡又趁机小心翼翼地多啄了三五口。浑水摸鱼的道理，看来大家都懂。僵持了一会儿后，猪悻悻地走开了，它心里明白，如果真和狗打起来，自己真还不是对手。

五

当主人从菜地里拔回一筐猪菜时，猪听到了主人的开门声，便从猪圈里一溜烟跑了出来，站在大门口，抬起头，恭候着主人和主人手中的菜。主人拎着菜筐往院子里走一步，它便在后面跟一步，主人走两步，它在后面跟两步。有时主人迟迟不放下手中的筐子，猪便着了急，用它那圆滚滚的嘴咬住主人的裤脚，不让其再往前行走。主人没有办法，停了下来，将菜倒在墙根的阴凉处，猪便兴奋地吃了起来。

有时候，撒娇也是解决问题的一种有效方式。用嘴咬住主人的裤脚，就是撒娇的一种方式。

六

猪闲来无事时，便会用它那只坚硬的圆滚滚的嘴去拱墙根儿。一会儿的工夫，墙根儿处新鲜而湿润的土壤便被翻腾出一大溜，垒墙的根基——石头，也被拱得裸露出一部分。主人透过窗户发现了这一切，急匆匆从屋里跑出来，朝着猪大吼一声——把墙拱塌呀！猪似乎听懂了主人的语言，自知理亏，抬起头看一眼，撒腿跑回了自己的猪圈。当听到主人关门回屋的声音后，猪又优哉游哉地走了出来。鉴于刚才主人的怒吼声，短时间内它也不敢再去造次，便溜溜达达去了别的地方，离刚才那片拱出来的湿土远远的。

在炎热的夏日，猪还喜欢在水里打滚。一场雨后，院子内外就会形成一些水坑。猪看到这些水坑，便兴奋了起来，径直朝水里走去。走到水中央后，直接躺了下去，左一个翻滚，右一个翻滚，玩得不亦乐乎。尽兴后，便站起身来，抖一抖身上的水，心满意足地朝自己的猪圈走去。所过之处，滴滴答答地留下一道水印。

猫

一

小时候，村庄里几乎家家都养猫，因为村庄里几乎家家都能见到老鼠。

村里人养猫不像城里人养猫——当宠物养，村庄里的猫是要履行其抓老鼠的职责的，也就是说，猫不是白养的。

猫抓老鼠，本来属于分内之事，但凡事都有例外，偏偏有一些猫是不抓老鼠的。按照现在公职人员的行为标准，这应当属于没有履行自己的职责，严重一点叫不作用，再严重一点的叫渎职。

记忆中，小时候家里养的猫来来往往，换了好几拨。有那么一只猫，除了白天在炕头上最暖和的地方睡大觉外，晚上从没见它下过地。

有一次，在一个上午，我发现地上有一只小老鼠从木柜底下溜达了出来，沿着墙根儿小心翼翼地走动着。我赶紧将身边的猫抱起，轻轻将其扔到老鼠的跟前。老鼠一惊，稍作迟疑，撒腿就跑。猫站在地上一动不动，一直目送着老鼠钻入柜底，然后一回头，若无其事地跳到了炕上，重新倒头大睡。

这厮！

二

当然，绝大多数的猫是尽职尽责的。如果听到有老鼠的声音，不抓到对方是决不罢休的。

一次，家里的一只猫正在炕上闭目养神，耳朵突然竖了起来，紧接着便睁开双眼站了起来，蹑手蹑脚地走到炕沿处，一纵身，轻轻跳到了地上，蹲在一个隐蔽的地方一动不动，眼睛注视着木柜的下方，眼珠不再转动。显然它听到了可疑的声音。而同样坐在炕上的我，没有觉察到丝毫其他的动静。猫的听力绝非常人所能比。

约摸过了半个小时，猫突然改变了身体姿势，慢慢地将前腿紧扣地面，后腿做出了运动员"预备跑"的姿势，整个身体缩成一个弓形，顷刻间，像一支离弦之箭，射进柜底。柜底立即传来了瓶子倒地的声音、罐子被撞翻的声音、猫喉咙里发出的"呼呼"声和老鼠惊叫的"吱吱"声……

猫大摇大摆地走出了柜底，嘴里衔着一只被生擒的老鼠。老鼠四肢挣扎着，挣扎无效。

过了一会儿，猫大胆地将老鼠从嘴里放在了地上，老鼠稍一站稳，撒腿就跑，被猫一口又咬在嘴里。几分钟后，猫又将老鼠放在地上，老鼠刚一站稳，撒腿又跑，被猫一爪子打了回来。老鼠再跑，猫再打。如此几番下来，老鼠已筋疲力尽。猫蹲在那里，注视着老鼠的一举一动，不时用爪子拨拉一下面前这只已斗志全无的猎物。等老鼠快奄奄一息时，猫停止了虐待囚徒式的游戏，一口下去，开始享受着美味的大餐。

三

老鼠不是天天都出没的，所以没有鼠肉可吃时，猫便过来和主人蹭饭。

对于主人的饭菜，猫是很挑剔的。

当主人把饭菜盛上饭桌时，它便闻着饭香"喵喵"地来到饭桌旁，试图参与一下饭局。主人夹一些饭菜给它，如果符合它的胃口，它便侧着头用那几颗稀稀拉拉的牙齿咀嚼着，三口两口咽了下去。如果不符合它的胃口，则用鼻子闻一闻，也不动嘴，继续"喵喵"地叫个不停，试图让主人重新给它换一种饭菜。当确认主人没有给它更换饭菜的意思后，便悻悻地扭头走了。

四

人们常说猫是嫌贫爱富的，不像狗，安贫乐道。

这一点我倒是没有明显的感受，因为小时候养的几只猫里，没有一只因为家里贫穷而离开，尽管我们当时的确很贫穷。在那个物质匮乏，收入捉襟见肘的年代，人的伙食都好不到哪里处，猫的伙食就可想而知了。

嫌贫爱富的特点，虽然我没有察觉，但猫的另一个特点我是体会到了——它是会记仇的。

在小时候家里养的众多猫里，有一只猫因被父亲打了一下，便再没有回来。我不记得那只猫是因偷吃了家里仅剩的一块肉还是打碎了家里的一个瓷器，父亲一怒之下便打了它一巴掌。当天，这只猫便离家出走了。若干天后，村庄里的人说，在山坡上见到一只长相和这只猫相似的猫。又过了若干天，又有村庄里的人说，在村口发现一只死去的长相像这只猫的猫。等我去村口寻觅时，却什么也没有发现。

五

猫比较怕冷，不如狗抗寒。

在北方的冬天，由于村庄里没有暖气，家家都点一个火炉。一到晚上，为防止一氧化碳中毒，火炉便不再添炭，等到半夜时分，火炉就基本灭了。室温下降后，猫便开始琢磨着往主人的被窝里钻。

钻主人的被窝，猫基本遵循两个原则，一是关系优先，二是先礼后兵。

它先是走到一个它认为和它关系最好的主人枕头旁"喵喵"地叫着，提醒主人它要进去了。如果主人掀开被子，它便大大方方地走了进去；如果主人不予理睬，它便开始强攻——用它那毛茸茸的脑袋在被角的边缘处顶开一个口子，然后往里钻。如果主人不想让它进来，将它顶开的口子重新压严实后，它还会执着地重新再顶。如果重新顶开的口子又被主人合上后，它便坐在主人的枕头旁"喵喵"地叫，以示哀求。等它确定哀求无效、主人已没有让它进去的意思后，便走向了另一个它认为关系仅次于这位主人的枕头旁……

小时候，家里的猫一般都喜欢往我们几个小孩子的被窝里钻，因为我们没事时老逗它玩。谁对它好，它心里可明白呢。

六

猫有时候会自娱自乐。

兴致高昂时，猫会扭回头追着自己的尾巴咬。猫头一动，身子就跟着动，身子一动，尾巴就跟着动，尾巴一动，离嘴就又远了，这样一来，越发勾起了它撕咬的欲望，似乎咬不到绝不罢休。就这样，猫便转起了圈子，而且越转越快，像一只旋转的陀螺。但不论转得有多快，终究是咬不到的。等转到自己也失去信心时，猫才肯停下来。

每当看到猫咬尾巴的场景时，我就有点犯疑惑——它莫非真的不知道这是自己的尾巴？

有时候，我们也会帮助猫找点乐子。

拿一面镜子放在猫脸前，它便一下子提高了警惕，上下左右打量着镜子里的另一只猫。然后抬起爪子去够镜子里那只猫的爪子，结果发现爪子碰到的是镜面，于是便绕到镜子后面一探究竟。当发现镜子后面也无猫时，又返回到了镜子前，继续打量着里面的这只猫，并不甘心地又伸出了爪子……

七

猫是很讲究卫生的。比如，它每天都要洗脸。

猫洗脸不像人洗脸那么复杂——既要接上自来水，又要涂抹香皂或洁面乳。猫洗脸时既简洁高效，又节约环保，直接用爪子蘸上自己的唾液，反复擦洗几次，该项工作就完成了。猫洗完脸后还不用毛巾擦脸，过上一会儿就自然干了，省去了购买毛巾的费用。

除了洗脸，猫对自己的粪便也要处理一番。猫拉屎后，会沿着这泡屎用爪子快速刨土，直至将屎遮盖住为止。我曾琢磨过猫为什么要将自己的屎埋住这个问题，想来想去，想出两个可能的答案来：一是猫嫌自己的屎太臭，掩埋后可使臭味不再扩散，这样一来就保护了环境，既利己也利人；二是这泡屎很不雅观，有碍观瞻，长期存在的话会影响市容市貌，也有可能会影响村容村貌。

单从掩埋自己的粪便这一点看，猫就比其他动物强。试问，除了猫，还有哪个动物愿意做这项气味难闻的工作呢？

八

猫还有一项让我钦佩的功能，就是它的轻功。

一只成年猫，只要轻松一跃，就可以跳到一米多高的窗台或院墙上，甚至更高的建筑物上。而猫的身高也就二十厘米左右，也就是说，一只猫的弹跳高度，可以达到自己身高的五倍。这是何等的厉害？

试想，一个身高在一米七以上的成年男子，能够一跃跳到一米以上的物体，就已经很不错了。至于五倍于身高的高度，只能到武侠小说里去实现。

这样一思考，我便产生了一个怪诞的想法——如果做一只轻功高超的猫，其实也挺好。

狼

一

说起狼，人们大都会想起《狼来了》的故事。该故事以寓言的形式告诉小朋友做人要诚实，不能说谎。这是一个很成功的教学案例，多年以后，"做人要诚实"的信条深深扎根在了我的心中，并指导着我的一言一行，而它的喻体——"狼"，却早就被忘掉了。

《狼吃羊》虽然属于寓言，但在过去，狼吃羊的事不仅真实存在，还非常常见。即便是到了现在，虽然狼已越来越少，一些牧区羊群被狼咬死的新闻还是会见诸报端的。

由于过去人们与狼打交道的次数比较频繁，关于狼的故事也很多。我小时候听过一个关于狼的故事，至今也没有忘记。说一人骑摩托车出远门，遇到一匹狼，狼试图吃之，但摩托车速度较快，狼无法下口。于是狼在他身后一直尾随，终于等到摩托车将油耗尽时，将他吃掉了。从这个故事可以看出，狼的智商非常高。

除了故事，还有一些与狼有关的说法，如"像狼见了血一样"（贬义版的"奋不顾身"），"装大尾巴狼"（讽刺一些人），"前怕狼，后怕虎"（这个不用解释，大家基本都知道）……

与狼有关的成语也非常多，如鬼哭狼嚎、狼狈不堪、声名狼藉、引狼入室、狼狈为奸、狼子野心、狼心狗肺、豺狼当道、狼奔豕突、如狼似虎……

这些成语中，以贬义词居多。

可见，过去狼在人们心中的形象，并不是特别好。

二

鉴于狼离人已越来越远，人们似乎对它又有点怀念的意思，譬如一些艺术作品中关于狼的形象就有所改善，甚而一反常态。如动画片《喜洋洋与灰太狼》中灰太狼的形象，已经完全不是纯反面了，而是一个爱妻子、爱孩子的好丈夫、好爸爸，可谓亦正亦邪。

一些关于狼的歌曲，也把狼的形象重新塑造到一个新的正面的高度。如《嫁人就嫁灰太狼》《披着羊皮的狼》《狼爱上羊》《饿狼传说》《北方的狼》等，这些歌曲也都非常经典，在推动狼的形象方面功不可没。

在这些艺术作品中，很多都涉及到了狼的捕猎对象——羊。但狼会不会爱上羊，以及羊会不会爱上狼，我觉得这已经属于艺术的范畴，现实生活中发生的几率不大。但一匹母狼会收养一些狼以外的其他物种的幼崽，包括人类的婴儿，却是真实存在的。

关于狼孩的新闻，较为熟悉的是印度发现的两个狼孩。人们常说"虎毒不食子"，在这一方面，狼要做得更好一些，毕竟它已超越了物种的界限。有句话叫"爱自己的孩子是人，爱别人的孩子是神"，这样看来，狼确实能够"位列神班"了。

三

我与狼也曾有过一次近距离的接触。

那是二十多年前的一个傍晚，我牵着家中的两头牛在村庄外的一处空地上吃草。因天色渐晚，我拉着它们边吃草边向家的方向走去。

在不远处的山沟边，一只像狗模样的动物在盯着我们看。

起先我以为它是我们村庄里的一只狗，但观察了一番后发现，村庄里并没有这样的狗。村庄里谁家养什么样的狗，比如颜色、个头、叫声、走路的姿势，我们都熟悉。虽然叫不来它们的名字，但看一眼就知道是谁家的。而且村庄里的狗基本都用绳子拴着，放出来溜达的少。"估计是外村的狗"我心里琢磨着，抬头又看了它一眼。它依旧站在原地一动不动地盯着我们。我做了一个弯腰的动作，并从地上捡起一块石头来。根据对狗多年的了解，如果做一个弯腰捡石头的动作，狗大都会跑掉的。所以，在村庄也有"狗怕弯腰，狼怕掏刀"一说。

当我标准地完成了这个捡石头的动作后，那厮居然没有丝毫的反应，依旧一动不动一副虎视眈眈的样子。我紧张起来。这莫不是一只疯狗？又一想，疯狗大都伸着舌头，流着哈喇子，盲目地行走。这些症状，那厮一个也没有。再者，疯狗也没有这么安静。那厮的状态已不能用"安静"一词来形容，完全是一种冷静甚至是凝视的状态，而且似乎在做进攻前的准备。"莫非是狼？"我心里掠过一丝惊恐，赶紧再次朝那厮瞅去。不瞅则已，一瞅吓了一跳。那厮果然耳朵直立着，长长的尾巴垂直拖向了地面。

"真是一匹狼！"我越来越害怕起来，预判着那厮会不会向我发起进攻，并琢磨着如果它朝我攻击时，我怎么和它搏斗。

为了给自己壮胆，并将其吓走，我朝着它"呔"地大吼了一声。

声音过后，没有起到任何震慑的作用。那厮依旧保持着原有的姿态。

我有点骑虎难下。被一只动物以这种完全不屑一顾的状态蔑视，还是第一次遇到。

一不做二不休。我将手中的那块石头猛地朝其投掷了过去，但鉴于距离较远，石头在中途便落了下来。其实，这个动作也是虚张声势，目的依旧在于震慑，好让那厮看到我的攻击动作后知难而退。试想，即便真的能够击中它，一块石头的力道岂能对它构成威胁，而且等石头长距离飞行过去时，早已是强弩之末。看着落在自己身体前面不远处的石头，那厮依旧没有任何反应，像一具标本。

说两个高手过招时，双方谁都不去主动出招，谁先出招，谁便会露出破绽，一有破绽，就会给对方留下反击的机会。所以，无论是在小说中还是在影视剧里，高手过招时，要么双方目光都盯着对方、脚步以对方身体为中轴不停地移动，要么两人矗立在那里谁也不动。

如果按照高手的标准来衡量，我显然已提前败下阵来。我不但先吼了一嗓子，接着还投掷了一块石头，两招过后，对方都纹丝没动，也未出一招，更不用说构成伤害了。这两招基本属于无效攻击，但恰恰暴露了我攻击力的不足。

三十六计，走为上策。趁那厮还没有准备进攻前，赶紧逃离。我拽着两头牛的缰绳，恨不得跑将起来，但考虑到不能让那厮看出我有胆怯的心理，还不能真的跑起来，只能以快走的形势加速前行。两头牛也非常配合，似乎它们也明白自身的危险处境，再加上天黑前需要喝水，它们三步并作了两步，与我相得益彰。就这样，我们像一阵风一样，迅速离开了。

那厮一直目送着我们远去，终究没有移动半步。

在往后的日子里，每当想起这一幕，我都会感到一丝凉意和困惑掠过心间。

狐狸

一

  我曾用麻袋将一只狐狸从山上背回到了村庄。

  那是我小时候的一个夏季，村庄里的一个男人问我想不想和他上山捉狐狸，一听说要捉狐狸，我很是激动，但凡是捉动物的事情，我们都很激动，除了捉蛇。狐狸长什么样子我没有见过，但我突然联想到了狼，狼又长什么样子，我也没有见过，狼吃人的事情我却听说过。我小心而紧张地问他狐狸吃人不，他说不吃。我又问狐狸咬人不，他说不咬。我说那就没问题，捉就捉。于是我们就上山了。

  男人说他是在山上无意间发现狐狸窝的，他已观察了好多天，并看到有一只狐狸在出没，证明这不是一个废弃的空穴，而是一个正在使用的现穴。他说我的任务是在他捉住狐狸后，替他把狐狸背回来，他到山上还有其他事情要办。我问我能背动一只狐狸吗？他说没问题，最大的狐狸也没有狗大，小的狐狸也就兔子那么大。我估算了一下我的背负能力，觉得我背一只狗应当没有问题。

我们朝着山上兴奋地走去，他扛着铁锹，我拎着他事先准备好的麻袋。

二

狐狸洞穴在村庄的北山上，我们走了约四十分钟的路程就到了洞穴处。他说狐狸洞应当不深，便从洞口一铁锹接着一铁锹朝里挖去。他挖土的时候，让我蹲在洞穴口，将麻袋口撑开，对着洞穴，如果狐狸冲出洞穴时，正好一头撞进麻袋里。

但狐狸的洞穴远没有他认为的那么浅，而是既深且长。他吭哧瘪肚地挖着，头上的汗水沿着脑门直达脸颊，整整折腾了将近两个小时，也没见到狐狸的踪影。他显然有点泄气，边挖边嘀咕着"不会是里面的狐狸出去了吧？""应当快到底了！"正嘀咕间，一只狐狸突然从里面窜了出来，他迅疾丢掉铁锹扑了上去，一把擒住了狐狸的身子，将其拎了起来。这是一只小狐狸，比兔子果然大不了多少。我赶紧将麻袋口伸了过去，他将狐狸放到了麻袋里，并用事先准备好的绳子将麻袋口牢牢系上。

"里面应当没有了，我看见的狐狸就是这只。"他脸上露出了丰收的笑容，"你帮我背回去吧，背好啊，别让它跑了！"他叮嘱我。

我背起这只被活捉的狐狸朝山下走去。

一路上，狐狸在不停地躁动着，试图冲破这只麻袋构筑的牢笼，但终究没有成功。倘若它用牙齿去撕咬，也许会咬出一个窟窿而侥幸逃脱，但它没有这样做。高度的紧张可能让它无法静下心来去想出一好的方法，身子在半空中的来回晃荡也让它用不上力气，再者，它毕竟还是一只小狐狸，没有老狐狸的足智多谋与狡猾。盐不是白吃的，放在人身上是这样，放在狐狸身上同样如此。

　　我像一名镖师一样，肩负着对顾主的重托，小心紧张地行走着。等到达他家时，大汗已湿透了衣服。当把麻袋与里面的狐狸交付给他老婆时，我长长出了一口气。

三

　　除了背狐狸，我还有一次追逐狐狸的经历。

　　一日中午，我们几个小朋友在山上游荡，突然发现前面六七十米处，有几只狐狸在活动，我们都停止了脚步，小声商量着如何将其捉住。经过讨论，大家一致觉得为保险起见，每人手里拿两块石头，冲过去合围，能活捉最好，如果活捉不了，就近距离用石头攻击，击伤后再行活捉，下下策是用石头将其击毙，然后将尸体扛回去。在那个年代，人好像与动物有着不共戴天的仇恨，一见到动物，要么想着将其活捉，要么想着将其置于死地。好像如果不这样做，就有点对不起苍天和大地。这些充满不友好的敌对行为，像是着了魔。

　　在我们小声商量的时候，几只狐狸也发现了我们，它们抬起头看着我们，似乎在偷听我们说话的内容。我们按刚才商量好的，每人从地上捡起两块石头。为防止引起它们的警觉，我们捡石头时的幅度非常小，显得很低调。当一切都准备就绪时，大家用眼睛一示意，一齐朝狐狸冲了过去。狐狸看着我们朝它们跑来，似乎并不怎么害怕，也不怎么着急，在我们即将跑到它们身边时，它们"哧溜""哧溜"几下子就钻到身边的洞穴里去了。原来洞穴就在身边。等我们跑到洞穴处时，都被吓住了，这是一座坟墓。在隆起的土堆上有一个洞穴口，显然这是它们打的洞。我们惊叫一声，落荒而逃。

　　在逃窜的过程中，我们在紧张地交流着，一人说"这几只狐狸不会是鬼变的吧？"另一人说"不可能是鬼变的，但估计它们身上沾了鬼的邪气。"又一人说"它们住在坟墓里，不会已经成精了吧？"又一人说"没事，妖精白天应当不会出来，要出也是晚上才出来。"

　　小朋友看《西游记》，结果就是这样。虽然事后觉得很可笑，当时却很可怕。

　　自从知道了狐狸会选择在墓穴打洞后，我们再看到墓穴上面的洞口时，便猜测里面应当住着狐狸。而再看到狐狸时，我们就躲得远远的，敬而远之，怕它身上有邪气。

四

　　在民间，狐狸总和一些不太友好的词语联系在一起，比如，狐狸精与狐仙。

　　一个女人如果长的很妖娆，很妩媚，便会被其他女人冠之以"狐狸精"的称号，并会在她们背后轻蔑地说一句"哼，狐狸精！"如果妻子怀疑丈夫在外面有了外遇，也会厉声逼问："你是不在外面有狐狸精了？"

　　一时间，"狐狸精"成为了一个具有特殊意义的词汇，为天下所有良家妇女所不容。

　　如面对一个被现场活捉的"小三"，原配会奋不顾身地冲上去，猛地撕扯住对方的头发，并唾之曰："你个狐狸精！让你勾引我家男人！""啪啪"就是两记耳光。"狐狸精"也不逆来顺受，但凡逆来顺受的也成不了"狐狸精"，于是"狐狸精"反驳道："谁勾引你家男人了？是他主动勾引我的！"

　　我觉得，对"狐狸精"也要辩证地看待，不能搞一刀切。试想，如果不是"九尾狐"妲己这个"狐狸精"，腐朽的商朝能加速灭亡吗？如果不能加速灭亡，老百姓不知要在水深火热之中煎熬多久。

再说狐仙。

郭璞（东晋）在《玄中记》说："狐五十岁，能变化为妇人，百岁为美女，为神巫，能知千里外事。善蛊魅，使人迷惑失智。千岁即与天通，为天狐。"这其实是一本志怪小说，但浓缩了一些人的认知。狐仙在民间曾一度占有很大的市场，尤其是在落后的农村。随着科技的日新月异，以及媒介的迅猛发展，狐仙终究会成为一个传说。

五

在现实中，人们一说到狐狸，往往会联想到狡猾一词。

其实所谓的狡猾，也就是狐狸的智商比较高而已，比如著名的成语——狐假虎威，就体现了这一点。我一直觉得，成语和人一样，有的很知名，有的不知名，有的不但知名，还著名。

传统的观点认为，"狐假虎威"就是仰仗或倚仗别人的权势来欺压、恐吓别人，其实运用到现实社会中，这正是标准的"借势、造势、做事"的完整流程。现在社会上的很多人，不也一直在积极和狐狸学习"狐假虎威"的做法吗？一人试图求人办事，如果设宴的话，在饭桌上往往要请来一位重量级的人物来撑场，目的就是给所求之人看，传达的意思是——我也不是等闲之辈。一些人与人聊天，张口闭口就是近日或昨日刚与某领导一起吃的饭，言外之意是，我的人脉很广，你自己掂量着看。

但从另一个角度看，狐狸"狐假虎威"的做法，确实给一些人在"拉虎皮扯大旗"方面带了一个很不好的头，以致后来者竞相模仿。就这一事件而言，应当责成狐狸做出深刻检讨——以书面的形式，并在全社会范围内予以通报批评。

六

　　狐狸也有其可贵的一面，那就是对故乡的深深眷恋。比如狐死首丘。

　　狐死首丘是一个成语，传说狐狸如果死在外面，也就是客死他乡时，一定要把头朝着它洞穴的位置。后来这个成语用来比喻不忘本，怀念故乡，也用来比喻对故国或故乡的思念之情。

　　能做到这一点，确实难能可贵，尤其是对一只动物而言。很多其他动物，即便是高级动物的人，死前早已昏昏沉沉神志不清，哪还能想到将头朝向自己出生的地方？

　　狐狸终究是狐狸，不佩服不行。

野兔

一

正是那一顿美味可口、让人垂涎欲滴的油炒兔肉，让我对野兔至今念念不忘。

事情还得从二十年前的那个冬日说起。

那一天，村庄下了整整一夜的雪，第二天起床后，呈现在人们眼前的是一个白茫茫的世界。除了天空是蓝色的以外，大山是白的，田野是白的，屋顶是白的，树枝是白的……

人走在雪上，一脚下去，整个脚面和裤脚被雪掩埋得严严实实。

两天后，待大雪稍稍融化了一些，我和哥哥便来到南山玩耍。在半山腰处，一只被子弹击穿身体一侧的野兔赫然躺在那里。就在前一天，一个猎人肩扛一条猎枪朝南山走去，几个小时后，我们听到了数声清脆的枪响。显然，此兔死于猎人的枪下，只是猎人与兔肉无缘。顺手牵羊的故事，被我们重新演绎了一把。

我们拎着身体已经僵硬的野兔，从山脚拐进山沟，沿着沟底小心翼翼地向家里走去，生怕中途遇见比我们年龄大的家伙，将这天外来物抢走。尽管这野兔明明是我们捡来的，但心里还是有那么一点小紧张，感觉像是偷来的一样。

数九寒天，户外纯天然冷冻的效果就是不一样。剥皮后的兔子肉，看上去就像刚杀了一样新鲜。毕竟它才刚刚死去，也许死了一天，也许死了半天。

由于野兔长期在外奔跑，练就了一身腱子肉，浑身竟然找不出一处肥肉来。于是便用植物油进行翻炒。随着锅底温度的不断升高，香喷喷的味道弥漫在整个房间，穿过敞开着的房门，飘荡在宽阔的院中央。

拴在墙根儿下的大黄狗伸出柔软的舌头舔着嘴唇，发出了"哼哼唧唧"的叫声，试图分得一杯羹。这基本是不可能的，甚至是痴心妄想。在那个物质匮乏、吃了上顿就有可能没下顿的年代，人改善伙食也只能等到过年过节，平时是很难吃上一顿猪肉或羊肉的。更何况狗乎？今天却是难得的兔肉，而且还是兔肉中的野兔肉。就如飞机中的战斗机。用一句略显夸张的话来形容，这种情况属于——百千万劫难遭遇。毕竟，野兔不是谁想打都能打上的。不信，你去追一下野兔试试，撅不死你，也撅你个气喘如牛。狗居然也产生了吃野兔肉的想法，真是匪夷所思，这可能吗？

那只野兔足有三斤重，竟满满炒了一盆，我们几人围坐在一起饱饱吃了一顿，居然还没有吃完。

感恩野兔，感恩猎人。

二

除了与这只被击毙的野兔邂逅外，我与另一只活蹦乱跳的野兔还有一次正面交锋。

那是一个炎热的夏日，我与村庄里的一位小伙伴溜达到了北山上。当年我们上山的目的很单纯，无非是两个。一个是钻进当年留下来的防空洞，进去感受一下气势恢宏的地下水泥建筑，顺道看看有没有遗留下来的枪支弹药，以便捡个漏。

进洞后的愿景基本实现了一半儿，地下建筑的气势恢宏确实感受到了。能够在大山里面完成如此浩大的工程，在那个机械工业发展落后的年代，人力付出了多少，可想而知。当年，根据国际形势的变化，最高领导人提出了"备战、备荒、为人民"的战略方针，随之便有了更加具体化的"深挖洞，广积粮，不称霸"措施，于是防空洞在广大农村落地开花。在村庄的南山与北山，就分别挖有一座防空洞。北山的防空洞洞口敞开着，有井口粗，我们曾数次进入，点着胶皮鞋底和废弃的轮胎来照明。南山的洞口被严严实实地封着，我们曾试图将其用铁锹挖开，但几铁锹下去，终于明白了什么叫自不量力，于是非常明智地主动放弃了。

进洞的另一半愿景，终究没有实现，关于枪支弹药仿佛只是一个传说。于是，伙伴们又将希望寄托在了南山的山洞里，大家一致认为，南山的山洞里肯定"有货"，如果没有的话，为什么要将洞口封住？但鉴于之前打开洞口失败的教训，便只能想想而已。

上山的第二个目的，就是捡几颗鸟蛋。捡鸟蛋是比较务实的想法，比较容易实现。其实天上飞着的各种鸟，我们也曾琢磨过如何把它们逮住，但在奔跑追逐、石头偷袭等常规手段用尽后，毫无收获，便死了心，再看见这些鸟，也懒得起心动念。虽然逮鸟的事基本放弃了，但每次上山，鸟蛋是会捡到几颗的，山那么大，鸟那么多，还能碰不到一处鸟窝？

意想不到的是，那一次，我们竟奇迹般地捕获了一只野兔。

三

还是那个炎热的夏日。当我和小伙伴正在眼睛朝下寻觅着鸟蛋时，一只野兔突然出现在了眼前，在十米开外的地方。

双方都是一惊。我们停住了脚步，野兔也停住了脚步。

我们停住脚步，是在小声商量要不要追逐它，从体形看，这是一只幼兔，值得尝试。野兔停住脚步，伸直身子看着我们，它可能在评估我俩有没有恶意。双方在僵持着，谁也没有动。

我们商量的结果是可以一追。主意一拿定，我俩突然发力，朝着野兔猛扑过去。野兔可能早有心理准备，撒腿就跑，我们穷追不舍。很快，我们就被甩开了，距离越拉越大。正在我们打算放弃的时候，转机出现了。前面居然是一片麦地。野兔慌不择路，一头扎进了麦地。麦子有一尺多高，兔子进去后，就不见了身影，只能看见被它碰撞的麦秆像风浪吹过一样向前涌动。我们沿着麦浪紧追不舍。由于受到麦秆的阻力，野兔的速度明显慢了下来，我们则大步跨过麦秆。很快，野兔离我们的距离已越来越近。当感觉可以伸手抓到它时，它突然一个急转弯，将我们摆脱了。在奔跑中突然来个急转弯，是野兔特有的长项，很多时候，一个这样的动作就可以甩掉追捕者。不幸的是，它今天误入了麦田，我们开始从两面包抄。几次几近抓住，几次又被它以急转弯的方式逃脱后，它的体力明显已不支，毕竟它是一只幼兔。在最后一次合围时，筋疲力尽的兔子终于被我们擒获了。

同伴紧紧抱着这只战利品，我一只手抓着它的后腿，两人怀着无比激动的心情匆匆向村庄赶去。

两个人，一只兔子，存在一个怎样"瓜分"战利品的问题。追逐兔子时，可能谁也没有想这个问题，至少我没有想过这个问题，他有没有想，就不得而知了。但兔子一旦被捉住，可能两人都在想这个问题了，至少我想了，我觉得他也想了。因为接下来他就开口了。他边走边若有所思地说："你看，兔子是我最后抓到手里的，就放到我家里养吧，你啥时候想去看它就来看。"看来这家伙从抓住兔子的那一刻起，就开始考虑对付我的台词了。其实我也想把这只野兔抱回家里，毕竟这是一只谁见了都有可能喜欢上的小动物。但他说得似乎也有道理，而且这也是唯一勉强能站住脚的道理，尽管野兔是被我俩合力围捕的。我一时语塞，嚅嗫道："好吧。"

我从小就是一个面子较软的人，别人说出来的事，虽然有的不是太情愿，但又觉得直接拒绝于心不忍，于是自己受点委屈也就同意了。

几天后，我问他野兔长得怎么样，他说野兔回来后就不吃东西，绝食死了。

早知今日，何必追捕？

我一声叹息。

四

野兔是一种很有个性的动物，机灵，活泼，有时还很调皮。

记得有一年是兔年，人们便不再捕获兔子。于是，那一年的野兔特别多。人们的一些想法，有时候很奇怪，奇怪到有点怪诞，很多时候让人摸不着头脑，比如兔年与兔子的关系。如果以此类推，鸡年时便不再杀鸡，羊年时便不再杀羊，鼠年时老鼠泛滥也不再去管。

由于沾了兔年的光，野兔也感觉到人们见了它们不像往年那样凶巴巴，还有点和蔼可亲，便有点得意忘形，见了人也不怎么躲避，一副漫不经心的样子。

那是一个冬日的早晨，在树林旁一片翻整后的地里，十多只野兔在嬉戏。显然它们是途经此地。在初冬的季节，地里是没有草的，只有个头不大的土块儿，坚硬地待在那里。我沿着树林边在散步。一次见到这么多野兔，让我有点小兴奋，于是情不自禁地就朝它们走了过去。野兔看到我后，似乎没有一点惧意，有的蹲在原地不动，有的将身子立起来，注视着我。当我离它们只有五米的距离时，它们依旧不动。我觉得它们是在挑逗我，于是猛地朝它们追了过去。我追兔子，结果显而易见，纯属白搭，而且这是一群成年兔子。最可气的还在后面，它们见我瞬间就被拉开了距离，居然停了下来，在原地等我。等我离它们稍微近一点时，它们再开始起跑。如此反复几次，竟诱使我跑出一公里多。

跑着跑着，我突然醒悟了，它们这不是在耍猴吗？

我才不上当呢！

我扭头折了回来，身后仿佛传来了它们会心的窃笑声。

五

野兔一生都生活在东奔西走之中。

为了填饱肚子，它们需要四处奔波，寻觅食物。有时为了躲避天敌与猎人的追捕，一副灰头土脸的落魄相。比起那些饭来张口、养尊处优的家兔，野兔寒酸了许多。但从另一个角度看，野兔又是幸福的，家兔虽然解决了温饱问题，却被关在铁笼里失去了自由。

在这个世界上，还有比自由更珍贵的东西吗？

麻雀

一

麻雀是我见过数量和频次最多的飞行动物。

除了见过，麻雀也是我近距离接触最多的飞行动物。

说飞行动物，有点文绉绉，通俗点讲，就是一只鸟。

麻雀这只鸟，由于与人走得太近，便总在人的院子里与鸡抢食，在人的田地里偷食麦穗。鉴于其上述"恶劣"行径，曾一度与苍蝇、蚊子、老鼠并列为"四害"，并遭到全民的捕杀。在除"四害"期间，麻雀险些遭遇灭顶之灾。好在上天有好生之德，才没有让其绝种。但因遭受了大规模的杀戮，这一物种几近消亡。由于麻雀的严重凋零，生物链上的其他环节随即得以大规模发展，诸如蝗虫。由于几种因素的交织，导致了粮食作物的直接减产，最后国家不得不又从前苏联进口了一批麻雀。好在这厮的繁殖能力旺盛，生存能力极强，硬是咬着牙渡过了难关。几年之后，麻雀又开始人丁兴旺起来，如今又已子孙遍野。后来，捕杀的命令被解禁，它从"四害"的黑名单里被划掉了，还了清白。

至此，在经历了鸟——害鸟——益鸟三种不同的命运之后，麻雀又昂首挺胸、大大方方地出现在了人的面前。

二

小时候，在冬季的晚上无所事事时，几个小朋友聚在一起，就会有人想出掏鸟的主意来，当然，被掏的鸟就是麻雀。别的鸟，想掏也掏不到，人家都在山上待着呢。大黑天的，谁敢到深山里去？掏麻雀则容易多了，近水楼台，伸手可及。

麻雀有一种生活习性，就是喜欢和人黏糊在一起。比如，在人建造的房檐下做一个自己的鸟窝，在人给牲畜搭建的牛圈、羊圈、马圈内的横梁上落脚避寒。有时，还会沿着人打开的门或窗户飞入家中，但进门容易出门难，好一阵扑腾后，终于沿原路落荒而逃了，前提是屋里的主人没有乘机捕获它。

凡事都有两面性，和人黏糊在一起有利也有弊，有时是利大，有时是弊大。

借助人已经建造好的建筑，在房檐下建个小窝或冬季在横梁上落脚避寒，这都是利的一面，这样可以免去大兴土木的麻烦，又节约了时间和体力，需要做的只是一些小的空中搬运工作，如衔几根羽毛、树枝或干草。但弊的一面是，因离人太近，容易被人骚扰或擒获。若仅是骚扰，尚能容忍，最严重时，也就是不得安宁，大不了躲出去避一避。一旦被擒获，问题就严重了，十有八九是要付出生命代价的。所谓"来者不善，善者不来"，试想，哪一个掏鸟者会把擒获的鸟再放掉？如果打算放掉的话，压根儿就不去擒获了。

三

几个小朋友聚在一起掏麻雀，也多在冬季。

其他季节的夜晚，气温不算太低，麻雀大都选择在树枝上过夜。

麻雀的一些本领，人永远也学不会，就如这在树枝上过夜，即便睡觉了，也掉不下来。人则不行。人别说在树枝上过夜了，就是在树干上过夜，也会一头栽下来，摔个鼻青脸肿。

在冬季的夜晚，四周一片漆黑。就如单田芳老先生说的，月黑风高日，杀人放火时。当然，我们杀的是麻雀，先捕后杀。

掏麻雀时，需要两个人配合。一个人当然也勉强能干，那得身手相当敏捷。

两人配合时，程序是这样的：一人沿着房檐用手电照射，如发现有麻雀正在沉睡，另一人立即伸手将其生擒。麻雀和鸡一样，属于夜盲性动物，天一黑就看不见了，所以天一黑就睡觉去了。

将院子里所有的房檐扫荡完毕后，便转入牛圈和羊圈。进入圈内后，一人立即紧闭圈门，另一人用手电照射横梁。睡得正香的麻雀会被来人轻而易举纳入囊中。没睡着或睡得较轻的麻雀发现有人进来时，便会"扑棱"一声飞下横梁，试图夺门而逃，当发现门已被封死时，掉头又飞了回去，沿着圈顶不停地"扑棱"，打起满圈灰尘。卧在圈里的羊有时会被这突如其来的场面惊吓，站起身来，躲避着人追逐麻雀时不规则运动的身体，在圈里乱跑。牛则淡定的多，睁开眼看着这眼前追逐的景象，一副无动于衷的样子，来回活动着嘴巴，继续着尚未完成的反刍工作。几个回合下来，麻雀便被活捉了。

一旦被擒获，麻雀即刻被人用拇指和食指掐住了脖子。那根细小而可怜的脖子，被两根手指头就捏了个结结实实。被掐住脖子的麻雀嘴巴张到了极限，艰难地呼吸着最后的几口气，两只翅膀在拼命地"扑棱"，两条细腿上下空蹬着。一切挣扎都无济于事。两分钟后，一只五脏俱全的麻雀便一命呜呼了。

人拎着还未彻底冷却的麻雀尸体，将其置于红红的火炉下面烘烤。一会儿的工夫，屋子里便香气四溢。遗憾的是，麻雀肉虽香，但体形太小，一只烤熟的麻雀竟然塞不满一张嘴。

四

除了夜晚借助手电的灯光去捕获，还有其他几种方法可以用来对付麻雀。

"不为失败找理由，只为成功找方法""方法总比困难多"。这些企业管理的理念，我们小时候就懂，只不过当时没有进行文字总结，我们注重的是实干。

记忆中，一个人，不管是大人还是小孩儿，只要看见麻雀，便会朝其投掷一块石头。若是没有这个动作，似乎都对不起苍天和大地。

小时候，我们接受的观念依旧是——麻雀是害鸟。其实，彼时，麻雀早已平反了，我们却浑然不知。信息的不对称，竟跨越了二十多年。

既然是害鸟，为民除害，我们义不容辞。

侠之大者，为国为民。我们都有一个大侠梦。

打麻雀是大侠的分内之事。

在麻雀经常出没的地方，如屋旁的一棵老树上，院内遗漏粮食的空地处，我都会投石以击之。但终因年纪尚小，力度与精准度均不够达标，竟无一次击中。

后来，神奇的弹弓出现了。

遗憾的是，我对弹弓的应用始终不及他人。瞄准了半天，效果却不尽如人意。飞出去的石子，要么打在了树枝上，要么打在了地面上，成绩好一点的时候，能打到麻雀的尾巴上，击落几根羽毛。记忆中，压根儿就没打死过几只麻雀。有几位小伙伴，弹法却极准，几乎到了百发百中的境界，一拉一放之间，麻雀应声倒地，有的还能扑腾几下，有的直接一命呜呼了。

此外，用筛子扣麻雀也是对付麻雀的重要方式。

用一根细木棍将一只筛子的一个边顶起二十多公分的高度，在筛子下面撒一把粮食，用细绳的一端拴住木棍，另一端拿在手里，人躲到门缝后或其他隐蔽的地方，静观麻雀入筛。当麻雀发现筛子下面有粮食时，便会在筛子四周警惕地观察，等自认为已经安全时，便会跳到筛子下面啄食。人瞅着时机已成熟，猛地一拉绳子，筛子便扣在了地上，麻雀被扣在了筛子里。人急速奔跑过去，掀开筛子的一角，伸手进去，逐一擒获里面的猎物。这种用筛子扣麻雀的方式比较粗放，缝隙如果掀得太大，麻雀会乘机逃掉，但逃掉的终究是少数，大部分的麻雀只能坐以待毙。

鸟为食亡。亘古不变。

五

麻雀与其他鸟一个显著的不同之处是其独特的行走方式。

有一个脑筋急转弯是这样问的：麻雀走路时是先迈左腿，还是先迈右腿？

其实，麻雀是两条腿同时走路的，也就是说，它是两条腿同时跳着或蹦着走路。

如果让人两条腿同时跳着或蹦着走路，除了速度上不去外，姿势一定也不怎么雅观。如果放到晚上，这个样子是非常吓人的，人们会误以为见到了电影中的僵尸。但放到麻雀身上，就显得非常自然，而且还异常灵活。

造物主真是厉害，将每一个生命个体的零部件配齐后，绝对让它们合身合体。

六

随着人们文明程度和生态保护意识的提升，以及生活条件的改善，现在已很少能看到有人会煞费苦心地去捕杀一只麻雀了。再者，越来越多的人已开始意识到，麻雀虽小，也是一条生命，杀生害命终究不是什么善举。

此时的麻雀，不知会不会发出这样的感慨——活在当下，真好！

乌鸦

一

在老家，乌鸦还有一个名字，叫黑老鸹，而与此相关的一句话叫"黑老鸹还嫌猪黑了"，意思是说猪的颜色和黑老鸹的颜色一样，大家都是半斤八两，你居然还嫌它黑，真是的！这句话的比喻意是指不要自以为是，要认清自己，即自知者明。

当然，现在猪的颜色也不是只有纯黑色一种，还有纯白色的，白黑相间色的。乌鸦却一直保持着黑色没有变。

二

以前，我从来没有想过会为乌鸦写一篇文章，现在却写了。这说明，一个人的想法不是一成不变的，随着时间的推移，想法是会变的。

我不想给乌鸦写文章，是因为我不喜欢它。

在过往，一个我不喜欢的事物如果能进入我的文章，只有一种可能，那就是我在写评论，它作为被抨击的对象进来了。

现在不一样了。一个我不怎么喜欢的乌鸦居然也能进入到文章来，还是散文。

其实不止乌鸦，很多我一直不喜欢的动物，甚至是我比较讨厌的动物也慢慢进入了我的文章，比如蛇。

这变化是有一个过程的。有那么一天，我突然悟出了一个道理——任何一个个体长成什么样子，其实并不是由它自己决定的。如果说谁有决定权的话，那也只能找到这个个体的父母。问题又来了，它的父母也长的这副模样，父母又去找谁呢？就如蜘蛛，就是一个瓢葫芦加八条腿的形状，再怎么变化，也改变不了这个大致的轮廓。基因就这样了，每个个体只能是小差小别，除非有一天发生了基因突变或基因变异。

再者，我觉得不能以貌取人，也不能以貌取物，还不能以貌取动物。人家虽然长得丑，但没有伤害人，也没有招谁惹谁，是不？

三

对乌鸦不太喜欢的人里面，想必不止我一个。不太喜欢它的原因，想必也差不多。

若细论原因，又不得不提到它的长相。我刚才特别强调了，人不应该以貌取人，但问题是，很多时候人就是以貌取人的。这就如官场，但凡强调什么，一定是缺失了什么。比如，领导说"要加强班子团结"，说明这个班子一定不团结或一定不怎么团结。领导又说"要弘扬正气"，说明这个地方不正之风很浓。

乌鸦那一身纯黑的装扮，比起色彩鲜艳的孔雀，确实不怎么吸引人的眼球，在这个看脸的年代，自然丢分不少。推鸟及人，现在在银屏上活跃着的那些小鲜肉，有多少不是在凭着脸蛋吃饭？

纯黑色，是乌鸦不怎么招人喜欢的重要因素。如果换成一副纯红色或纯白色，可能效果就会好些。比如火烈鸟，人们看见它就比看见乌鸦感觉好一点；再如白天鹅，人们见了它想必不会讨厌。黑色代表了庄严肃穆，在一些特殊的场合，比如吊唁大厅，那黑底白字的装饰就显得格外醒目。另一方面，黑色与黑夜属于一个色系。走过夜路的人都知道，那漆黑一片的感觉，终究没法和白天比。

其次是它的叫声。我认真听过乌鸦的叫声，那声音确实不怎么悦耳，更别说动听了。如果去KTV唱歌，乌鸦肯定跑调，属于典型的五音不全型。除了声音不好听，它叫的内容也不咋地，听上去既像是"哇哇"，又像是"啊啊"，还像是"哇哇"与"啊啊"的混合音。不管叫的是什么内容，感觉一副痛苦的样子，听不出一点欢快的韵味。不像人家百灵鸟，那一叫——百转千回，余音绕梁，三日不绝。

四

鉴于人们对乌鸦的不喜欢，各种和乌鸦有关的语句也多以贬义为主。

如"乌鸦嘴"，用来形容某人的嘴巴特别臭，好事不灵验，坏事一说就准。

如"天下乌鸦一般黑"，比喻某个群体或阶层都一个样子。

如"乌鸦落在猪背上——看得见别人黑，看不见自己黑"，比喻只见别人缺点，不见自身毛病。

如"死了千年的黑老娃——就剩嘴了"，比喻某些人只会在嘴上夸夸其谈、忽悠别人。

五

不论人们对乌鸦存在怎样的偏见，乌鸦智商较高是不能否认的。

人们比较熟悉的"乌鸦喝水"，就充分体现了乌鸦智商的不一般。乌鸦喝水，也叫乌鸦衔石，就是在容器里加石子让水位上升，然后喝到水。乌鸦的这个动作，和司马光砸缸的举动，基本有异曲同工的地方，都涉及到了石头和水。二者的区别在于，一个是往里加，一个是往外放，一个是用加法，一个是用减法。

据说在日本一所大学附近的十字路口，经常有乌鸦等待红灯的到来。红灯一亮，乌鸦就飞到地面，把胡桃放到汽车轮胎的下面，绿灯一亮，车子把胡桃碾碎，乌鸦赶紧飞过去捡食。

六

抛开人们对乌鸦的主观偏见，现实中的乌鸦可能还真不是人们印象中的乌鸦。比如我熟知的"乌鸦反哺"。

据《本草纲目》记载："此乌初生，母哺六十日，长则反哺六十日，可谓慈孝矣。"翻译成白话文，意思就是小乌鸦长大能进食时，母亲哺育它六十天，等母亲年老体衰不能觅食时，它又找来食物，喂食母亲六十天，真是孝顺啊。

乌鸦的另一个可贵品质是对伴侣的忠诚。乌鸦终生秉持一夫一妻制。在这个社会，能从一而终的已越来越少了，别说是鸟，就是很多人都难以做到。不过话又说回来了，在夫妻从一而终方面，人还真不如动物。狐狸、丹顶鹤、大雁、企鹅、乌干达羚羊、黑颈天鹅、犀嘴鸟、狼、金刚鹦鹉、信天翁等，都是严格遵循一夫一妻制的，而且一旦确定了各自的伴侣，就会相伴一生。有的甚至在一方死去后，另一方会跟着绝食殉情。再看看人类中的一些官员，一旦被纪委检委立案审查，几乎有一个共同的特点，就是好色。人们曾调侃说，男人有两种，一种是好色，另一种是特别好色。那些落马官员应当属于后者。孔子说"君子好色而不淫"，指的应当是前者。在纪委检委细数落马官员的罪状时，"权色交易""与他人保持不正当男女关系""与他人通奸""包养情妇"基本上属于标配，还有一些含糊一点的表述——"生活腐化""腐化堕落""道德败坏""生活糜烂"，都是指的不正当男女关系，只不过没有明说。也许有人会问，为什么单单要拿落马官员举例，试想，这么隐私的事情，谁会主动说啊？除了落马官员自己交代外，别人怎么会知道？

七

这么多年来，乌鸦其实一直被人们误解着。

有些人看见乌鸦时，似乎有点敬而远之的意思，隐隐约约中有点"不祥"的感觉，这"不祥"程度又不及猫头鹰。猫头鹰已彻底被定性为"不祥鸟"，基本被判了死刑。而乌鸦正好处在一个尴尬的境界，说它"不祥"又拿不出证据，说它"吉祥"，又没人认可。

这就如一个人对另一个的印象。

问："这个人怎么样？"

答："感觉不太顺眼。"

又问："哪里不顺眼？"

答："具体说不出来，就是感觉不顺眼。"

再问："你们相处过没？"

答："没处过"。

就这么简单，你能咋地？

其实，据史料记载，在唐代以前，乌鸦是有吉祥和预言功能的神鸟，唐代以后，才有了乌鸦主凶兆的说法。同一只鸟，命运的转换多少也快了点。这就如麻雀，曾经是一只普通的鸟，后来就被列入到"四害"的名单，再后来又成了益鸟，一波三折。

从目前情况看，乌鸦离正名的那一天，还有点早。能不能赶上麻雀，还真不好说。

喜鹊

一

如果对身边经常见到的鸟按数量进行排序的话，麻雀是毫无悬念的第一，喜鹊是无可争议的第二。

虽然同是与人类走得较近的两种飞行动物，麻雀与喜鹊却有着截然不同的命运。

上个世纪五十年代，麻雀遭遇了除"四害"的命运，自己中奖般被列入到"四害"的名单，整个种群险些被消灭殆尽。若不是蝗虫泛滥，以及几种因素交织引发的严重后果，在这片土地上还能不能见到麻雀，真不好说。

有时候，自己打击的对象反过来会拯救自己的命运。

做人要留有余地，做鸟亦如是。

几年之后，麻雀被从"四害"的黑名单上划掉了，算是正式平反。

至此，麻雀与其他鸟儿一样，终于过上了正常鸟的生活。

与麻雀一波三折的命运相比，喜鹊一路走来，则顺风顺水。

无论在城市还是农村，喜鹊都被冠之以喜庆与吉祥的神秘色彩。

按照民间宣传部的说法，喜鹊是报喜之鸟，如果喜鹊跑到谁家的房顶上、院墙上或树枝上叫几声，谁家一定会有喜事。如果喜鹊在一个人的头顶上盘旋着叫个不停，此人一定会有喜事，说不定还会有大喜之事。

听闻此番言论后，我对喜鹊肃然起敬，如此说来，喜鹊不就是一种能预知未来的神鸟吗？又听人讲，喜鹊的肉很难吃。这似乎又为喜鹊确为神鸟，提供了佐证。试想，若非神鸟，它的肉怎么也不能轻易食用？

神鸟终究是神鸟。

二

喜鹊和麻雀一样，喜欢和人黏糊在一起。

同样是黏糊，二者又有了区别。

麻雀和人走得太近时，容易招来人的骚扰或捕获。喜鹊即便站在人眼前，也无人去骚扰，更不可能去伤害。

一只在人们心目中的报喜之鸟，谁愿意去伤害呢？伤害了喜鹊之后，谁还会再来报喜呢？再者，伤害了报喜之鸟，喜事是不也会随之消失？

如此一来，即便喜鹊将自己的窝搭在屋旁的大树上，也无人理睬，甚至还巴不得有别的喜鹊再在树上多搭一窝。如果是麻雀在屋旁的大树上搭了窝，结果就不一样了，它的鸟蛋以及幼崽都会成为人们关注的目标。鸟蛋可以取下来煮着吃，幼崽可以取下来玩儿。嘿嘿！

这就是区别。

三

从喜鹊窝的外观分析，喜鹊的垒窝技术很一般。

在一个粗大的树杈上，几根光秃秃的树枝支在上面，搭出一个半圆形的轮廓来，这就是喜鹊的窝，尽显粗糙与不精细。有时候，这窝更像是树枝的堆砌物。

喜鹊窝里面的形状是什么样，我没有见过。爬上那么高的大树枝头去看喜鹊窝是有风险的，树枝越往上越细，如果折断后会把自己摔下来。所谓"爬得越高，摔得越惨"，没有人愿意去冒这个险。再说了，爬上去看人家的私宅，也不太礼貌，毕竟涉及到了人家的隐私，如果再惹得对方生气被啄上一口，就更得不偿失了。

不过，据专家讲，喜鹊的窝虽然从外表上看不像那么回事，里面却是三层，有小树枝、羽毛及其他一些柔软的东西，如果从窝的底部去拉的话，根本拉不动。为什么拉不动呢？因为每一根树枝都扣在了一起，相互之间产生作用力，就算是大风大雨，也不会被破坏。而喜鹊窝的大开大合，也是因为喜鹊的羽毛根本就不怕水，同时，喜鹊也会在下雨的时候锻炼小喜鹊的飞行技能。结论是，喜鹊窝虽然丑陋，却蕴含了上乘力学，喜鹊才是动物界中的建筑师。

对于专家的话，我以前很相信，后来经过多次实践检验，现在基本不怎么相信了，但也懒得去反驳。他们想怎么说就怎么说去吧。

不过，我个人坚持认为，喜鹊的窝就是丑，不像燕子的窝，不但精致，还结实。

四

喜鹊是非常具有抗寒精神的。

即便是在数九寒天,它们也都住在那个简陋而丑陋的窝内,毫无遮拦,忍受着严寒的高空打击。"高处不胜寒",喜鹊体会得可能最为真切。

尽管这样,它们也不会像麻雀一样,飞到人们的屋檐下,或飞进牛圈、羊圈或马圈的横梁上落脚避寒。

喜鹊选择了硬抗。

从这一点看,喜鹊是有傲骨的。尽管在冬天里它也是一副被冻得瑟瑟发抖的样子,有时也会发现一些被冻死的遗体。

但,它们就是这么宁死不屈。

有时候,我也为喜鹊着急,和天气这么较劲,是不有点不值得?

五

以前我一直以为喜鹊像麻雀一样,只吃粮食和昆虫。后来发现,它居然还吃肉。

那是一年的冬季,家里刚杀了一只小型牲畜,便将其肉切成小块儿放在了院内的粮仓上,以便快速冷冻。

等忙碌的人们走到院子里时,发现几只喜鹊竟然在一口一口地吃着肉。

"这厮居然吃肉!"这一举动刷新了我对它们的认知。

自从发现它们吃肉后,以后再见到它们时,我总要留意一下它们又在地面上搜寻什么。

果然又有新发现。它们居然还吃腐肉。

那是一个夏季,在一只死去多日的小动物身旁,几只喜鹊在蹦蹦跳跳地吃着已经腐烂的肉。

这严重颠覆了我对它们的美好印象,吃腐肉还能报喜吗?看来,传说中的东西,未必都是真的。我姑且保留异议。

六

喜鹊比较好斗。

喜鹊打起架来，非常勇猛，甚至凶猛，不像人们想像中那么温顺。

喜鹊不但和喜鹊打架，也和其他别的鸟打架，比如常见的对手乌鸦。

喜鹊打架的方式不像牛羊那样要么用头撞，要么用角顶，而是直接用其坚硬的喙去啄对方，啄的时候，要么站着啄，要么跳起来啄，要么在半空中飞着啄。

喜鹊在打斗方面有两个突出表现，一个是敢打。这一点不像别的动物腻腻歪歪，要么不敢主动出击，要么刚一比划就临阵脱逃了。二是在打斗对象的选择上，从不挑剔，来者不拒。比如天空中的霸主老鹰，喜鹊也敢应战。当然，和老鹰单打独斗时，喜鹊根本不是老鹰的对象。但没关系，喜鹊一般是团队作战，一只喜鹊打不过一只老鹰，一个团队也打不过一只老鹰吗？连老鹰都敢和打斗，其他还有惧怕的吗？所以，什么朱鹮、乌鸦、鸡、老鼠、蛇、猫等，都可以列为搏斗对象。

小时候，我曾见过一群喜鹊和一群乌鸦之间发生的群体性斗殴，先是从地面打到枝头，然后从枝头打到半空，再接着从半空打到山丘，最后一直打到超出我的视线，结局是哪方获胜，就不得而知了。

七

纵观喜鹊的一生，它活得比较洒脱。

据专家说，因喜鹊具有很好的记忆力，所以，它很有感恩之心，帮过它的人或物，它都会记在心里，以图报恩。伤害过它的人或物，它也会记在心里，伺机报复。

作家野夫说，快意恩仇向来是男人的正业，一个淡仇的人，难免也是一个寡义的人。从辩证法与相对论的角度看，这句话似乎是正确的。

从这一点看，喜鹊基本做到了爱憎分明。

喜鹊还很古道热肠，极具正义感。两只其他的鸟在打架时，喜鹊经常会过去拉架。有时候两只鸟会停下来不打了，联手揍上喜鹊一顿。这说明，在动物界，做好人好事也有风险。一只过街的老鼠，喜鹊会过去啄几口，替人践行"老鼠过街，人人喊打"的思想。一条人见了有点恐惧的蛇，喜鹊会与其展开一番搏斗，直至将其啄死，也不管这蛇有没有毒。

喜鹊就像一位古代的大侠，行走在这个江湖上，路见不平一声吼，该打斗时就打斗。

当然，人无完人，鸟无完鸟，大侠也有缺陷。比如，据说喜鹊有时候还会惦记朱鹮的巢穴。

燕子

一

在老家，人们将燕子统一称作胡燕儿。

除了燕子，其他动物也有属于自己的称呼。比如，将麻雀称作家巴，将乌鸦称作黑老娃，将猫头鹰称作秃雉怪，将老鼠称作耗子，将蝙蝠称作夜壁蝠儿，将土鳖虫称作鞋板虫……

中华语言的博大精深，由此可见一斑。

每到春暖花开的季节，燕子就会飞到村庄。先是偶尔出现一两只，然后是三五只，再之后就多了起来。到了盛夏，天空满是飞舞着的燕子身影，与麻雀、喜鹊、乌鸦、蝴蝶、蜻蜓等，共同构成了一道多姿多彩的空中风景。

在村庄，人们有一种观念，认为燕子是吉祥的鸟，如果有燕子到谁家的屋檐下或横梁处垒窝，证明这家是吉庆之家，否则，燕子怎么会来？所以，当燕子到人们家垒窝时，对方都会大开方便之门，以示热烈欢迎，并恨不得给予力所能及的最大帮助。无论什么事情，一旦和观念挂上钩，就变得复杂而坚硬了。就像人们讨厌乌鸦和猫头鹰一样，虽然拿不出二者不是好鸟的实证来，但就是讨厌，从心里讨厌，发自肺腑。

有了这样的待遇后，燕子便大大方方地在人们已经建好的建筑物上，开始了自己的造屋工程。

二

燕子垒窝是很辛苦的。在门前的小河旁，常常会看到燕子衔着一粒泥飞走了，过上一会儿，又飞了回来，如此反复。将外部结构造好后，燕子会在窝内铺上细软的杂草和羽毛等。从下面往上看燕窝，像一只平底的碗，碗口朝上，略有收缩。那一粒紧挨一粒的泥巴，彰显着结实与美观。

当小燕子稍稍长大后，叽叽喳喳的叫声便从窝内传了出来。每当小燕子们的父母口衔食物飞回来时，那一张张嫩黄的嘴巴便从窝口处伸了出来，上下使劲撑开着，幅度很夸张。我一直怀疑，"饭来张口"这个成语，就是受小燕子的那张嘴启发而创造出来的。

三

燕子捕食时，基本是在空中飞行中完成的。如果稍加留意的话，是很少看到燕子像麻雀一样蹲在地面上捕食的。

由于这种独特的捕食方法难度比较高，这就要求其掌握过硬的空中飞行技巧。所以，我们经常看到燕子在飞行过程中，会突然来个急转弯，不像麻雀铆足了劲一股脑地往前冲着飞。除了急转弯，燕子在飞行过程中还会突然降低或升高飞行高度。这种变幻莫测的飞行姿势，看得人眼花缭乱，并叹为观止。就在燕子翩翩起舞的过程中，一些诸如蚊子、苍蝇的猎物，已经成为其囊中之物。

除了飞翔技术的高超，燕子还喜欢在雨中穿行。面对茫茫大雨，燕子像一只精灵，穿梭于雨幕之中，自得其乐。除了它，我再没有发现其他的鸟儿会在雨中嬉戏。在大雨瓢泼时，麻雀则集体躲在屋檐下，观看着眼前的雨景，像是一群被雨截住的路人在期盼着这暴雨骤停。

如果地面上有水的话，燕子在飞行中会将身体掠过水面，让肚皮蘸一下水，然后快速飞离，像蜻蜓点水。我不知道这个动作是燕子和蜻蜓学来的，还是蜻蜓和燕子学来了，抑或是它们英雄所见略同，各自悟出来的。不管源头出自哪里，二者的这一动作极具相似性。

燕子有时很调皮，它会在飞行中将一泡屎不偏不倚地拉在小孩儿的身上，位置大都在肩膀处。在村庄，人们虽然喜欢燕子到自家去垒窝，但不大喜欢燕子将屎拉到自家孩子的身上。屎，终究是屎，即便是燕子的屎。当孩子的身上被拉上燕子屎时，大人们都会找一块红布做成十字形状，缝在落屎处，以辟邪。我小时候就被燕子在肩膀上拉过屎，还不止一次。据此，我猜测，那厮肯定是进行了长时间的演练和准备工作的，否则，它不可能"一拉即中"。

四

从古至今，燕子一直是文人关注的对象。这也不难想像，文人连一片聒噪的蛙鸣都会不惜笔墨地去书写，更何况在人们心中一直被认为是吉祥之鸟的燕子呢？

刘禹锡的"旧时王谢堂前燕，飞入寻常百姓家"，晏殊的"无可奈何花落去，似曾相识燕归来"，文天祥的"满地芦花和我老，旧家燕子傍谁飞",是众多描写燕子诗句中的经典之作。

无论什么事物,一旦与文学挂钩,便具有了文化内涵,自身的品位似乎也随之提升了一个档次。

你看燕子,因其是历代文人吟咏的对象,便赋予了一身淡雅的气质。在这一点上,麻雀就无法比拟。别的不说,翻看中国古代的诗歌,为麻雀吟唱者甚少,即便偶尔发现了那么一两首,也大多饱含贬损之意。顷刻间,二者便拉开了距离。

五

除了在诗歌上的大加褒奖,燕子曾因一个人的名字被人们牢牢记住了几千年。

她就是赵飞燕。

你看人家赵飞燕,不但人长得漂亮,身体还轻盈,舞也跳得好,据说还会跳"掌上舞"。再看人家的名字——飞燕。啥叫名副其实?这就叫名副其实。她既没叫飞雀,也没有叫飞鹰,还没叫飞蛾,而是恰如其分地叫了个飞燕。这样一来,她与燕子便相得益彰,交相辉映。

试想,如果她当年叫个赵飞雀,也许麻雀今天的地位多少会改变一些,毕竟,在麻雀可供查阅并沾边的历史档案中,也曾出现过这么一位名人,还风华绝代,不管后世对她评价如何。

六

从我会思考起,就一直被燕子的一个行为困扰着,那就是——夏季,它从哪里来?冬季,它到哪里去?

一直等到网络的出现,这个问题才彻底解决了,而这期间整整跨越了几十年。

网络真好。

燕子是典型的迁徙鸟。春季时迁徙到北方，夏季时遍布华夏大地，等繁殖结束后，幼鸟便跟随着成鸟开始活动，并在冬季寒潮来临前南徙越冬。据相关资料显示，它们南徙时，是到东南亚、中亚和南亚去了。

看完这个资料，我对燕子肃然起敬。为了生存，它们千里迢迢，跨越重洋，不辞劳苦。中国有句古话叫"好出门不如赖在家"，如果能在家舒适地待在，谁愿意辛辛苦苦地往外跑？而且这一跑，历经艰辛，有可能会付出生命的代价。每年角马的迁徙，不就是一部生命的血泪史吗？

燕子迁徙时虽然很辛苦，但从另一个角度看，它确实很厉害。中国古人讲"读万卷书，行万里路"，强调"行"的重要性。你看燕子，从中国北方一路南下，一直飞到东南亚、中亚和南亚，途中与大自然亲密接触的所见所闻，绝非我辈所能比。燕子一年的经历，可能我们一生都望尘莫及。与燕子比起来，我们有时候更像一只井底之蛙。

从燕子迁徙的这一习性看，它就比喜鹊和麻雀聪明多了。喜鹊宁肯在枝梢上自己丑陋的巢穴里忍受寒风的侵袭，也不懂去找个避风的港湾，所以在风雪交加的日子，常会看到它们被冻死在坚硬的地面上。麻雀虽然比喜鹊聪明了一丁点，懂得了躲避寒冷，却又低估了人类的危险系数，所以，在寒冷的冬季夜晚，又常常被人们在屋檐下或牛圈、羊圈、马圈的横梁上擒获，一命呜呼。

七

与燕子相关的一个知名度很高的词，叫燕窝。我曾被这个词一度整得很迷茫。

当第一次有人和我讲燕窝营养价值很高时，我当时就愣住了，并反问对方——燕窝怎么还能吃呢？上面全是泥巴、树枝和羽毛。

对方笑得前仰后翻，他终于发现了一个土包，土得掉渣。

其实类似的笑话还有很多，我第一次吃狮子头这道菜时，硬是把它认作了肉丸子，还自言自语地说道："这个肉丸子怎么这么大！"不料被坐在一旁的一位哥们儿听了个一清二楚，他友好地提醒我："这个叫狮子头。"

事后，我想，也许这就是人生——你笑笑别人，别人笑笑你。而这笑声里，也许都是善意。

鸽子

一

鸽子现在基本是以"和平"的象征意义出现的。

在一些大型庆典或体育赛事上，往往要放"和平鸽"。于是伴随着一阵巨大的"扑棱""扑棱"声，数百只，甚至数千只鸽子会腾空而起，飞向远方，顺便飘下几根羽毛或几坨鸟粪。

在老家，管鸽子不叫鸽子，叫楼楼。所以在赛事上，也不叫"放鸽子"，而叫"放楼楼"。这样领导在主持仪式时，一般都会这样说："下面，放楼楼！"而不是说"下面，放鸽子！"

因"放鸽子"三个字现在有了另一层语义，多用来形容不遵守诺言的行为，或爽约的行为。所以，领导在主持仪式上就不能再讲"下面，放鸽子"了，只能讲"下面，放和平鸽！"

如果仅从传播效果看，比起"放鸽子"，还是"放楼楼"朗朗上口，悦耳动听。

有时候，方言自有其独特的语言魅力，绝非普通话所能比。

二

鸽子多以白色、青色和瓦灰色居多，整体形象比较可爱。其圆秃秃的脑袋上左右分布着两只眼睛，身子呈流线型，一气呵成，简约而大方，精致而干练。我曾认真观察并琢磨过鸽子，发现鸽子与鸡是可以归入一个类型的，并可以进行轻微的比较。譬如，从外形上看，鸡比鸽子大一号，但这一号大的有些臃肿，以致鸡走起路来晃来晃去，尤其是在奔跑冲刺时，臃肿得愈发明显，整个身子显得很不协调。二者放在一起，有"环肥燕瘦"的效果。如果再从飞行水平上看，鸡的翅膀基本上是摆设，最佳的飞行高度也就是一堵墙或一棵树，有时，当一只狗试图扑过去咬它一口时，作为应急反应，它会扇动着翅膀跳起数尺来，鉴于这个动作同时涵盖了跳与飞两个因素，故不好区分它到底是跳了这么高还是飞了这么高。而鸽子一旦飞起来，无论是速度，还是高度，抑或是敏捷度和持久度，鸡就不能望其项背了。

鸽子的叫声很有特点，发出来的是"咕咕"的声音，这声音基本上是以两个音节为一个节拍，而同样是发出"咕咕咕"的戴胜，则是以三个音节为一个节拍。从视听效果上比较，鸽子的声音比较模糊，而戴胜的声音则很清晰，一声就是一声。

鸽子喜欢在屋顶上落脚。这一点与其他鸟类差别很明显。别的鸟大多在树枝上停留，而鸽子基本不到树上去。鉴于现在家养的鸽子居多，它便又有了一个新的去处——笼子。

即便是家养的鸽子，它们的胆子也非常小，如果稍微受到一点惊吓，便会瞬间飞起。一只鸽子飞起后，周围其他的鸽子也会跟着飞起，由于带头起飞者动作突然，其他跟飞者就有很大的盲从嫌疑，当然，也不排除飞了半天都不知道因何而飞。

三

鸽子让人熟知的一个事迹，就是飞鸽传书。

据资料显示，早在公元前三千年左右，埃及人就开始用鸽子传递书信了。人们之所以选择鸽子来传递书信，一个重要的因素就是鸽子"识路"。据说，不管距离有多远，鸽子都能找到回家的路。这个确实挺神奇。我们手机上现在配置的各种导航也好，地图也罢，感觉已经很先进了，但人类这些沾沾自喜的东西，一只鸽子凭借本能就能轻松搞定。在这个奥妙的世界，人类需要学习的东西太多了，尤其是向动物学习的。比如，在地震前夕，几乎所有的动物都能提前感觉到，并表现出极大的狂躁与不安，唯独人浑然不知。据此，有人猜测，人类有可能来自地球外的星球。否则，怎么会对自己生存的场所即将爆发出的巨大能量而毫无感知呢？作为一个大胆预言，不能排除其有合理的成分。人一直号称"万物之灵"，但从大量的实践层面看，人在很多方面表现得非常迟钝，甚而愚钝。长久以来，我对这个"万物之灵"的说法感到非常诧异，并存满异议，给自己弄上这么一个霸气侧漏的封号，依据究竟来自哪里？

人们试图对飞鸽传书的这种独特功能进行研究与分析，指望得出一个合理的解释，于是地球磁场、太阳、地标、次声等各种可能的原因被悉数挖了出来。但这些只能属于猜测的范畴，准确权威的结论终究没有出来。

四

  如果说野鸽子或人们饲养的家鸽子比较胆小的话，公园里供人观赏的鸽子就非常胆大了。

  当人们走进公园的鸽群中时，鸽子会径直飞到人的肩膀上或手掌上，毫无半点惧怕的意思。见的人多了，就是这么从容。这就如一个小孩儿，如果长在农村，见到陌生人就显得比较拘谨，如果长在城里，见到陌生人也就那么回事。见的人多了，小孩儿也一样从容。我从小在农村长大，每当见到一个外村人进入村庄时，一眼便能识辨出来，因为村庄里总共就那么几个人。对于进村的陌生人，我们一群孩子总会多看三五眼，既好奇又警惕，像是在观看动物园中的一只猴子，既想看它有何举动，又要防着它给你一爪子。

  公园里鸽子胆大的另一个原因，就是这些长相各异的男女每次来到它们身边时，要么向它们撒一把食物，要么轻轻抚摸一下它们的头或身子，毫无敌意，尽显善意。既给吃的，又和玩耍，这是多么好的事情啊！尤其是那些小朋友，见到它们时似乎显得格外兴奋，欢喜之情溢于言表。鸽子又不是傻子，谁喜欢自己，谁对自己好，心里一清二楚，只不过不愿去说，或者也许也说了，只是人们听不懂。时间一长，它们便不再对人有戒备之心，一旦没有了戒备，便有点随心所欲，甚至肆无忌惮了。于是，一高兴便落到了人们的手掌心，再一高兴，便落到了人们的肩膀上。

  鸽子终归是鸽子，想法还是简单，思想还是单纯。殊不知，一些人在和它们嬉戏的同时，心里会闪过一丝邪念——"炖鸽子"可是一道非常可口的佳肴。

猫头鹰

一

说起猫头鹰,有好感的人恐怕不多。

在人们的概念里,猫头鹰就是一只彻头彻尾的"报丧鸟"。

在民间,有"夜猫子进宅,无事不来""不怕夜猫子叫,就怕夜猫子笑"等俗语,夜猫子就是猫头鹰的俗称。猫头鹰在人们心目中是一个什么样的形象,可见一斑。

据相关资料介绍,猫头鹰由于嗅觉灵敏,能够闻到病入膏肓人身上的气味,尤其是人在死亡前夕身体发出的味道。猫头鹰闻到这种味道后就会飞过来,并激动地发出"咯咯"的声音,而不是平时"咕咕"的声音。这"咯咯"的声音,听上去又像是在笑,"不怕夜猫子叫,就怕夜猫子笑"的说法由此而来。

这种说法能否站得住脚,因我不是生物学家,不便去评论。但感觉这种说法有点悬乎。

二

　　小时候，家里有一些暂时不用的橡檩一直堆放在墙根下，为防止长时间被雨水浸泡而发霉，父亲便将它们从墙根下挪到了墙角处，并将它们竖着立了起来。橡檩中有一根尺寸很长，比其他几根明显高出了许多，有鹤立鸡群的感觉。

　　而正是这根鹤立鸡群的木头常常会引来一些鸟儿的驻足，如喜鹊、麻雀、燕子、乌鸦，还有猫头鹰。

　　没错，还有猫头鹰。

　　那是一个下午，一只猫头鹰不知从何处飞来，径直落在了这根木头的最上端，显然它是在那里歇脚。猫头鹰孤零零一个人（应当是一只鸟）蹲了许久，终于发出了一声叫。那叫声，确实很凄厉，听了瘆得慌。那是我第一次见到猫头鹰，也是第一次听到它的叫声，当看到它那副猫脸一般的尊容时，我有点胆战心惊。

　　我从院子里捡起一块石头，壮着胆子，朝其走去。那厮看着我朝它走来，竟无动于衷，显然没把我当回事。一个小孩儿在世上行走时，确实没有多少人会把他当回事，就连一些动物也不会把他当回事。譬如，大人不会把他当回事，年龄比他大的孩子不会把他当回事，就连一条狗也不会把他当回事，看到他时也要"汪汪"地多吼几声，如果机会允许的话，巴不得扑上去咬一口。我小时候就经常被狗追着咬，最危险的有三次，我逃脱了两次，失败了一次。失败的那一次，我被狗直接扑倒在了地上，并在小腿肚子上咬了一口。咬就咬吧，它咬完后居然还不松口。我大怒，侧躺着身子用另一条腿踢了狗头一脚，谁知狗也大怒，它松开口，在我腿肚子的另一个地方重新咬了一口。一来一去，我被它咬了两口。除了狗，一些鸡鸭鹅居然也不把小孩儿当回事。一次，母亲领着我到一户人家串门，一只公鸡悄悄绕到母亲的背后，跳起来偷袭了我一口……

往事不堪回首。

我拼足了力量，将手中的石头朝猫头鹰掷去，试图将其一击毙命。谁知力道不够，石头在离它身子不到一尺的高度掉了下去。那厮依旧无动于衷，操着一副猫脸看着我，面无表情。我有点心虚，犹豫着是否要进行第二次投掷。一个面无表情的东西看着你，是一件很让人害怕的事，因为你不知道它在心里想啥。兵法曰"知己知彼，百战不殆。"但兵法又曰"不知彼而知己，一胜一负；不知彼，不知己，每战必殆。"我属于"不知彼而知己"，所以心里有点忐忑。我停顿了一下，在判断着那厮会不会俯冲下来，朝着我的眼睛啄一口。但那厮依旧岿然不动地注视着我，显然根本没把我刚才的那一击放在眼里。我有点骑虎难下。不来个第二次投掷，有点没面子。让一只鸟如此鄙视，颜面何处安放？如果我再次攻击的话，它会不会真的俯冲下来？在纠结了好一阵后，我决定破釜沉舟。汪国真不是说"既然选择了远方，便只顾风雨兼程"吗？我弯腰又寻觅了一块石头，再次朝那厮投了过去。这次比上次的效果好多了，石头擦着木头顶端的边缘飞驰而过。那厮显然受了一惊，身子向后大幅度地扬了一下，两个翅膀旋即展开并加速扇动了几下，待身子平稳后，又蹲在那里一动不动了，依旧面无表情地注视着我。我有点恼羞成怒，再次弯腰，又找到一块石头，当起身准备第三次投掷时，那厮不知啥时候居然飞走了。

"算你明智！"我以一副胜利者的姿态回到了屋里。后转念一想，觉得不对，那厮自始至终好像都没有惧怕的意思。它的飞走，也许是嫌我骚扰得有点烦。这就如一个小孩儿拿着一把水枪老往你身上喷水，你是该还手呢，还是不还手呢？还手，显然是以大欺小，还落得个和小孩儿一般见识的名声；不还手，他会不停地往你身上喷水，弄得浑身湿漉漉的。所以最佳的选择方式是不理他，然后默默地走开。看来，猫头鹰就是选择了这样一种方式来应付我。

从那天开始，我便开始关注村里人的风吹草动，看看有没有生老病死的消息，尤其是有没有死人。几天过去了，村庄里并没有死人。又过了几天，村庄里还是没有死人。一整年过去了，村庄里依旧没有死人。

"都是传说"，我心里想。

"不是说猫头鹰只在晚上才出来活动吗？"我心里又想。

"凡事都没有绝对"，我最后想。

三

我不太喜欢猫头鹰，除了传说，还有它的长相。

如果认真端详猫头鹰的话，会发现，它长得确实有点肆无忌惮，随心所欲。明明是一只鸟，却偏偏要长出一副猫脸的模样来。猫脸就猫脸吧，还长着一副鸟的喙。这就有点不严肃了，显得态度也不怎么端正。幸亏它生活在鸟界，如果生活在人界，走在城市的大街上，城管叔叔不给它开罚单才怪了。这样影响市容的行为，城管叔叔能不依法执法吗？当然，如果它来到村庄的话，就可以高枕无忧了。村庄没有"村管局"，也没有"村管人员"，不管它长成什么样子，不管它长的多么难看，人们都会容忍的。说不好，还会施舍一点吃的给它。

不过，它长成这样也不是它的错，要错也只能错在它祖先的基因上。好在它出现在人们面前的频率比较低，尚在可以容忍的范畴内。看来，它还是有点自知之明的。人丑就要低调点，鸟丑也一样，这毕竟是一个看脸的年代。

四

小时候，我一直弄不清楚猫头鹰属于猫还是属于鹰。

你说它是猫，但也不像，除了猫脸外，其他再没有一处有和猫相似的地方了。最显著的区别就是，猫没有翅膀，而它有。说它是鹰吧，也不像，鹰主要在白天出来活动，它却主要在晚上出没。

长大后我才知道，它既不属于猫，也不属于鹰，而是自成一家。想一想，觉得还是多读书好。否则，还以为老婆饼里就有老婆，牛肉面里尽是牛肉了。望文生义是靠不住的啊！

五

除去传说与相貌，客观地讲，猫头鹰应当属于益鸟。

据相关资料统计，猫头鹰一年的捕鼠量是一千多只，相当于为人类保护了数吨的粮食。当然，这是一个假定的推算方法，前提是那一千只老鼠每天能吃到粮食。

这么来看，确实应当为猫头鹰正名了。人家辛辛苦苦在帮助人类捕捉老鼠，人类还如此嫌弃人家，似乎有点狗咬吕洞宾——不识好人心。

至于猫头鹰"报丧"一说——假如这种说法成立的话，人类其实也应当理性思考一下。这就如"苍蝇不叮无缝的蛋"一样。是蛋先有了缝，苍蝇才去叮的，不是说苍蝇一来，蛋就有缝了，然后苍蝇再去叮。假如猫头鹰真有未卜先知的神奇功能，那也是先有生命个体的即将消亡，才有猫头鹰的闻讯而来。而不是猫头鹰一来，就有人要消亡。如果真是这样的话，猫头鹰就不能叫猫头鹰了，应当叫黑白无常。如果它做了黑白无常做的事，那黑白无常岂不得下岗？每个人（含非人）都要有一口饭吃，不能吃别人的饭，让别人无饭可吃。

人类的有些想法,总是很奇怪,奇怪到有点匪夷所思,就如对待猫头鹰的态度。猫头鹰充其量就是个报信的使者,何必要讳疾忌医不愿面对现实呢?我说的是"如果"——如果猫头鹰真有这样的特异功能。

青蛙

一

  小时候，门前一百米远的地方就是一条小河，河边有草有树有田。人们口中的水草丰美，大约说的就是这种景象，只不过我们是浓缩版的。雨后的夜晚，在这浓缩版的水草丰美处，便会听到蛙声一片。

  小时候，我一直对青蛙的叫声很好奇。好奇它鸣叫的时间节点。听它叫的次数多了，我便总结归纳了一下它的叫声，它基本不在白天叫，也不在单纯的夜晚叫，而是在雨后的夜晚叫。也就是说，当雨后和夜晚两个因素遇到一起时，它才会鸣叫。

  青蛙一旦叫起来，具有极强的连贯性，一时半会儿是不会停下来的。以前我一直觉得毛驴的鸣叫就已经很少有对手了，那响彻云霄的驴鸣没有三到五声是不会停下来的，那一气呵成、气势如虹的腔调，一旦让它停下来，都有岔气的危险，其危险程度就如在高速公路上突然来了个急刹车。听了青蛙的鸣叫才发现，二者真有一拼，且侧重不同，各有千秋。毛驴在鸣叫的硬度上非青蛙所能比，青蛙在鸣叫的持久性上又是毛驴所不及。青蛙一旦叫起来，可以从傍晚持续到半夜，在夜深人静的时候，那一声清脆的"呱呱"，至少可以传出几里地外。从传播效果看，蛙鸣丝毫不逊色驴鸣。

青蛙叫的时候还有一个特点，就是群体性参与。一只青蛙一起头，其他跟着呼应，此起彼伏。据专家介绍，蛙类的合唱并非各自乱唱，而是有一定的规律可循，这里面有领唱、合唱、伴唱等多种形式，相互间紧密配合，协调一致。这么深奥的道理，也就是专家能研究出来，像我这样在农村生活了二十多年的人，能听出蛙鸣时是多只参与已经很不错了。

据专家讲，青蛙的鸣叫有时候是为了吸引异性，进行求爱。动物的求爱方式与人终究是不一样的。动物是直来直去，毫不遮掩，甚至有点明目张胆。人则不一样，人要是找个对象，都是神秘兮兮的，甚至有点鬼鬼祟祟。在我们那个年代，一个男生如果喜欢一个女生，都要偷偷摸摸地写一封情书，找一个黑灯瞎火的晚上，人不知鬼不觉地塞到对方的书桌里或课本里。再往前推，在五六十年代出生的那一代人，找个对象就更腼腆扭捏了，看对谁了，也不敢自己去表达，还得中间找个人去传话或说媒。而现在的年轻人胆子就大多了，动辄跑到女生的宿舍楼下，要么用蜡烛摆个"心"字，要么用玫瑰摆个Love，要么在宿舍楼下打个横幅，上书"×××，我爱你"。从这一点看，现在的年轻人基本是发自内心的直白表达，不再遮遮掩掩。

二

蛙鸣听起来有一种聒噪的感觉，怎么听都不像是乐音，就是这种操着一个腔调的声音却让文人骚客不惜笔墨地去极力书写。文人确实有个性，有时候个性得有点不正常。

在这方面的描写中，比较知名的，莫过于辛弃疾的"稻花香里说丰年，听取蛙声一片。"

其他也有一些比较优美的句子，如：陆游（宋）的"水满有时观下鹭，草深无处不鸣蛙"，赵师秀（南宋）的"黄梅时节家家雨，青草池塘处处蛙"，曹豳（南宋）的"林莺啼到无声处，青草池塘独听蛙"，戴复古（南宋）的"身在乱蛙声里睡，心从化蝶梦中归"，刘基（明）的"雨过不知龙去处，一池草色万蛙鸣"……

而刘克庄（南宋）还曾专门作过一首《题白渡方氏听蛙亭》——塘水拍堤科斗生，想君亭子俯幽清。黄梅雨足野田润，牡菊烟收村墅晴。莫信人嫌无理闹，颇疑渠有不平鸣。画堂方喜听琴阮，谁爱天然律吕声。

看来，这种聒噪声，也不是人人都讨厌，居然还有人专门建了个"听蛙亭"，大千世界，人各有志。

三

在观察周围的环境后，我发现了一个现象，很多动物都是在小的时候比较可爱，等长大后就有点长的变形了，比如小鸡、小狗、羊羔、牛犊、小马驹。这里面，最明显的就是蝌蚪。其他动物的改变，最多也就是量变，算是小修小补。蝌蚪则不一样，简直就是质变——不变则已，一变就判若两样。

蝌蚪奇特的长相，有点惊世骇俗。一颗硕大的乌黑的脑袋拖着一条细长的尾巴，游走在水面下，像一根行走的豆芽。小时候，我们经常玩儿捉蝌蚪的游戏。几个小朋友蹲在小河边，观察着这些成群结队游来游去的小家伙，它们乌黑的身体与清澈的河水形成鲜明的反差，一眼望去，尽收眼底。把一只手悄悄放到它们游动的前方，沉于水中，不一会儿，它们就会游到手心上。它们显然把手心当成了水中固有的一部分。把手从水里迅速抽回，手中的水快速渗漏了下去，蝌蚪便紧张起来，尾巴加速了摆动，这时它们才发现误入了歧途。小朋友们把蝌蚪捉到手里观察上一段时间便会放入水中，过上一会儿再捞起来，如此反复。一个简单的动作，不停地重复，这在大人看来是很无聊的，小孩儿却能玩得不亦乐乎。小孩儿的内心世界，大人永远也不懂。

　　蝌蚪一天天在长大，先是长出后腿，接着再长出前腿，尾巴也渐渐地缩短退化，最终成为了一只青蛙。

　　当一只蝌蚪成长为一只青蛙时，从前光滑乌亮的黑色也消失得无影无踪，取而代之的是一张绿色的皮囊，据说这是为了伪装。一副向外严重突出的大眼睛，使其显得较为丑陋，远远望去，像是得了甲亢。

<h2 style="text-align:center">四</h2>

　　青蛙走路时和麻雀一样，都是身上所有的腿在同时发力，呈跳跃状，而不是像人一样交替着行走。

　　虽然都是跳，二者还是有区别的。麻雀是两条腿同时蹦蹦跳跳，青蛙则是四条腿同时跳跃，以两条后腿为主要发力点。麻雀是蹦跳，青蛙是跳跃。跳的时候，麻雀的幅度较小，青蛙的幅度较大。

　　青蛙虽然体形不是太长，但可以跳出它体长十倍的距离，这样的弹跳能力是非常厉害了，和猫有一拼。猫是往上跳，青蛙是往前跳。人在这方面就没法比了，无论是向前跳，还是向上跳，能跳出自己体长一倍的距离就了不得了，再想超出这个距离，只能到武侠小说里去寻找一种叫轻功的东西，而这种东西可能压根儿就不存在。

五

青蛙对人类的影响是比较大的，据相关资料显示，一只青蛙一年可以吃掉一万五千多只害虫。单从这一点看，人家是一只实足的有益于人类的动物。

青蛙对人类的另一个影响就是游泳姿势。人类是很善于学习动物的长处的，虽然经常杀戮动物。比如蛙泳，就是完全将青蛙的游泳姿势直接拿来模仿的。再比如人类学习鸟类飞行，造出了飞机；学习蜻蜓，造出了直升机；学习鲸类，造出了潜艇；学习乌龟，练习龟息大法；学习狗，发明了狗刨；学习蛇、猴、鹰、螳螂，创造出了蛇拳、猴拳、鹰爪拳、螳螂拳……

除了这些，据说青蛙的肉性凉，味甘，具有清热解毒、消肿止痛、补肾益精、养肺滋肾之功效。

这就是人类分裂性的一面。一方面在嚷嚷着没有交易就没有杀戮，没有杀戮就没有伤害，另一面却在极力研究着某一种动物营养价值如何之高，某种动物的某个器官对人体如何之好。这不是有病吗？你不去宣传推广，谁能知道某个动物或某个动物的某个器官有什么功效？没有人知道这些东西，谁还去杀戮交易呢？

在我小的时候，从一个大城市来了两个比我们年龄略大的年轻人，他们是村庄里一户人家的亲戚。两个年轻人穿着讲究，风度翩翩，还操着一口有明显内蒙古西部地区口音的普通话（当时我们根本不知道这是普通话）。见到这种语调，我们一般都称其为"侉侉话"。凡是与我们说话口音不一样的，我们都称之为"侉侉话"，其实我们说的是纯方言。我们虽然说的是纯方言，但我们并不知道自己说的是方言。一次，村庄里的两个人在交流，一人说，中央电视台的播音员怎么说的话和咱们的话一模一样。我们能听懂的话，就认为和我们说的一模一样，完全不顾对方会不会听懂我们说的话。村庄里的人就是这么可爱。

我们一群虽不算衣衫褴褛但也补丁相间的村里孩子们跟在这两个年轻人的后面，听他们讲城里的故事，听到激动处，惊心动魄，虚汗直流，突然感觉我们很无知，便有点自惭形秽。一日，两个年轻人又和我们来到门前的小河旁，让我们帮他们捉些青蛙，我们一个个自告奋勇，果真人多力量大，一会儿的工夫就捉了好多只。两个年轻人把事先准备好的小刀取了出来，将每只青蛙的四条腿活活割了下来，装在同样是事先准备好的塑料袋里，说油炸青蛙腿很好吃。看着痛苦挣扎的青蛙与血腥的场面，我突然觉得面前的这两个人阴森而恐怖。从那以后，我再没和这两个人玩耍过。由于这两个人的行为，让我一度对城里人很不感冒。

若干年后，在一次饭店的用餐过程中，上了一道叫牛蛙的菜，当时也没多想，更不知道牛蛙为何物，只顾津津有味地吃。中途经过饭店走廊时，在一个硕大的玻璃缸内看到大量块头很大的青蛙，一问服务员才知是牛蛙，是青蛙的近亲。我仔细观看了一番，在这个狭小的空间内，它们一个个都伸展了四肢，垂直于玻璃缸内，像是做引体向上运动，那白白胖胖的四肢就像一个刚出生不久的幼儿的胳膊和腿，我感到莫名的震撼，人怎么可以为了自己的口欲，去宰杀这些无辜的生命呢？

自那以后，我再不点牛蛙这道菜。

六

在我们生产厂区的南面，有一片因积水而形成的水洼，在这里，常会传来青蛙的鸣叫。就在我打下"青蛙"两字，准备为它们写一篇文章时，我又听到了它们"呱呱"的声音。

家中那只狗

一

我二十岁之前，家中一直养着狗，这只狗走了，那只狗又来，反反复复，中间从未间断过。

在村庄，基本家家都养狗，俗称大黄狗，虽然狗的名字里有个"黄"字，但很多狗的颜色不尽是黄色，有黑色的，也有灰色的。多年以后我才知道，这些所谓的大黄狗其实有一个很好听的学名，叫中华田园犬。和狗打了几十年的交道，竟连它们的学名都不知道，没文化真可怕。

村庄里的大黄狗与城里人的宠物狗，在功能上是有明显区别的。城里人的宠物狗大多属于陪主人解闷，逗主人开心，帮主人打发无聊的，村庄里的狗则肩负着看家护院的职责，是主人的左膀右臂，有时还需要和主人并肩作战。

在没有监控设施的村庄，狗是主人宅院的第一道安全屏障。若有任何风吹草动，狗便第一个觉察到，"汪汪"吼两声，具有极大的震慑作用。若有贼从远方来，刚欲入院行窃，猛然听到有狗在冲自己叫，知道目标已暴露，便悻悻离去，只能去物色下一户人家。若有贼自村内来，则谁家有狗谁家狗刚死，谁家狗强悍谁家狗软弱，心里一清二楚，下手行窃时，便具有很强的针对性，是选择村东头那户人家还是村西头那户人家，是翻墙跳入还是凿墙潜入，是从大门翻入还是从房侧爬入，都需事先安排，有备而来。

在夜晚，夜深人静，地上掉下一片落叶，整个村庄都能听到。谁家的狗如果突然声嘶力竭地叫了起来，与平日里的声调有显明的区别，且持续反复，必定有情况。狗与狗之间无语言障碍，一嗓子下去，其他狗都知道发生了什么事，顷刻间，整个村庄便一片狗吠，前呼后应，大有攻城略地摇旗呐喊之势，来者自知大事不妙，动静整得有点大，便落荒而逃了。

二

狗虽然肩负着主人的安保工作，狗的某些待遇却不及主人饲养的其他家畜。

狗经常会得一种病，叫"翻肠子"，一旦发病，便呕吐不止，躺在地上一动不动，喂水不喝，喂饭不吃，主人赶紧拿一点胡麻油来，让其舔几口，据说胡麻油可治翻肠病。然而舔了胡麻油之后，基本有两种情况，一是狗真的好了，二是无任何起色，狗在痛苦中死去。倘若在城里，狗一旦有点感冒发烧，主人便急得团团转，一会儿的工夫便跑到了宠物医院，吃药、打针、输液，各种治疗手段应有尽有，让村庄里的狗自愧不如，颜面扫地。

在村庄十几里地外的另一个村庄，其实是有一位兽医的。但主人是不会因为一只狗闹翻肠就去请兽医，只有牛、马、驴或骡子这些大型家畜生了病，主人才会骑着自行车亲自跑一趟。

于狗而言，生了病，好还是不好，活着还是离去，全靠自己的造化。胡麻油靠得住还是靠不住，不好说。

三

在家里曾经养过的几只狗中，印象最深的是那只红毛狗。

红毛狗是与村庄里其他狗截然不同的一只狗。

一身红黄色又偏重红色的长毛，头大且方，吼一嗓子，声如洪钟，像一只缩小版的狮子。如果把它放到其他的大黄狗中，尽显"与众不同"。

如果发现有陌生人进入院内，伴随着几声狂吠，红毛狗便直接冲了过去，由于用力过猛，刚冲到半截就被脖子上拴着的绳子弹了回来。一次被弹回，毫不气馁，接着再冲第二次，两次被弹回，再来第三次，直到来人胆战心惊地进了家门，才停止猛冲，但依旧朝着窗户"汪汪"直叫。

红毛狗是一个亲戚从几百里之外的地方专门给送来的。刚来时，红毛狗还是一只狗娃，清一色的红色毛发，特别诱人。由于其月份尚小，我们每晚都将它从院内抱入家中。尽管它只有几个月大，但一听到外面有动静，便用其稚嫩的嗓子"汪汪"叫个不停。当时父母都很诧异，这么小的狗娃怎么这么快就进入了角色。好苗子从小就能看出来。

稍稍长大后，红毛狗便以其凶悍和卖力，在村庄小有名气。

一年之后，红毛狗便咬了村庄的一个人，实现了"狗"生的首咬。由于它当时冲力太大，竟将钉在地面上的铁橛子连根拔起，带着铁链便扑向了来人。自此，红毛狗一炮走红。整个村庄都知道了一件事：红毛狗虽小，但已会咬人。

再之后，若有人来时，便提心吊胆地沿着墙根走，保持着与红毛狗最大限度的距离。自从红毛狗咬了第一个人之后，便越咬越勇，陆续有多人受伤。第一次咬人后，父亲便更换了铁橛子，将其入地三尺，铁橛子再无被连根拔起过。但新的问题又来了，拴狗的铁链竟被直接崩断。每崩断一次，就有一人被咬伤，而每崩断一次，父亲便在断口处加固一次，但下一次又在别处崩断。这条铁链是前任、前前任、前前前任好几只狗用过的，从未出现过崩断的情况，老一辈的狗，虽然见到陌生人也在吠叫并前冲，但从未像它这样猛烈而狂暴。长江后浪推前浪，一浪更比一浪强。

看着这条铁链对它已于事无补，为了避免更多的人被咬伤，父亲决定更换一条更粗的铁链，于是一条直径有食指粗的铁链正式服役了。铁链具体有多重，我没有量过，但拎起其中的一截，就非常吃力。就是这样的一条链子，红毛狗在向人猛冲时，依旧可将其绷得笔直，铁链落地时竟能将地面打得"啪啪"作响，那阵势让人不寒而栗。虽然阵势确实吓人，但从那以后，铁链再没有被崩断过。

村庄医疗条件比较落后，对狂犬病一说也不当回事，谁让狗咬了，一般用狗毛沾上温水，在伤口处捂一捂，擦一擦，也就完事。小时候我见过很多被狗咬过的人，最长六年的潜伏期过去了，无一人感染狂犬病。就连我本人，也被狗咬过，还不止一口，而是两口，潜伏期已过了三十多年，安然无恙。看来不是所有的狗都携带狂犬病毒。

由于更换铁链的缘故，红毛狗再没有咬过人，但声威依旧。每一个准备进入院内的人，都事先敲打铁门，等屋里有人出来时，才敢进院，即便进了院，也要寻找一根棍子，沿着墙根谨慎前行。更有甚者，屋里人出来了，也不进院，站在大门口隔空喊话，说完后，转身走了。

自从红毛狗来到村庄，便以忠诚、力大、凶悍、敢咬，傲立狗群，独领风骚八九年，可谓前无古犬，后无来狗。在它每次咬人后，父母都得给被咬者赔礼道歉，说尽好话，温水擦拭伤口，临走时再给带上一些药，以作补偿。若咬得比较严重，父亲还得每天去被咬者家中打针消毒处理伤口。尽管经常惹出麻烦来，我们依旧非常喜欢红毛狗，细想来，它是在忠心耿耿地为你看家护院，只不过尺度没有把握好，动作稍稍有点大。

　　在记忆里，红毛狗整整度过了九个年头，在老得不能动弹时，走完了它辉煌的一生。在它终老的那一天，我们怀着悲痛的心情，挖了一个坑，将它埋葬了。

　　后来，随着对狗了解的增多，才发现，红毛狗压根儿就不是什么大黄狗，而是一只小型藏獒。

　　再之后，住了楼房，家中已不再养狗，我却常常想起红毛狗。

宿舍里的小动物

一

根据组织安排，选派我到单位的帮扶点进行驻村帮扶。

于是，我就来到了这个陌生的村庄。

因单位在此地帮扶多年，并建有自己的厂区，于是我就住在了厂区。

因厂区靠近山脚，一些小动物便成为了这里的常客。

以上，就是我在两千里之外能够遇到下面我要提到的这些小动物的原因。

如果我不来这里，就遇不见它们。

这就是前因后果，我需要说明一下。

二

厂区孤零零地伫立在那里,离帮扶村庄约有二里地。站在厂区庭院的中央看四方,四面全是山,属于典型的群山环绕。一日,看到夕阳西下,有所感慨,便作了一首歪诗,发在了朋友圈——"看遍南山望北山,越过西山见东山。田园一片夕阳里,夕阳又在山外山。"本为娱乐之作,竟引来朋友的一片评论和点赞。对于久居城市的人们来说,看到这乡村的田园景色,自会少不了一番赞叹。就如一个人天天吃米饭,偶尔吃一顿白面馒头,就会觉得非常新鲜,甚而可口。

我们的宿舍在厂区的正北方,宿舍背后是一片宽阔的耕地。宿舍与耕地的距离也即十米左右。

有土壤的地方就是生命,我说的是地球,不指火星。

有生命,就有运动。有位哲人说,生命在于运动。我认为,这位哲人说得对。

于是,一运动,这些小动物就来到了我们的宿舍。

距离产生美,距离太近产生交叉。

其实从理论上讲,如果我们关上宿舍楼道的大门,这些小动物是进不来的,但实际情况是,我们宿舍楼道的大门一直敞开着,即便是关上,大门上下左右的门缝也有二厘米宽,对于这些体形苗条攀爬能力强的小动物们来说,这缝隙已是康庄大道。

就是我们各自的宿舍门,依旧跑风漏气,离地间隙都在一厘米到二厘米之间。如果生一个火炉,即便发生一氧化碳泄露事故,我猜测对人体都构不成伤害,毕竟这门缝的通风效果太好了。

三

最早闯入我宿舍的是一只小老鼠。

它是啥时候进来的,我没有发现,因为楼道的大门和宿舍的门都一直敞开着。当它试图离开时,被我觉察了,因为在晚上的时候我把宿舍门关上了。

小老鼠从我布衣柜底下从容不迫地走了出来,试图从门缝下面溜达出去,门缝间隙虽宽尚不及其身高,钻出失败后,它又重新溜达到了布衣柜底下。我赶紧用手电照射它,看它在下面干什么,以及下一步将向何处去。这厮竟然淡定地看着我,毫无一丝惧意,在它眼里,感觉我的存在对它构不成任何威胁。看着它这副眼神,我觉得它对一些事物,包括人,存在误判的风险。根据过往多年与老鼠打交道的经验,没有老鼠不怕人的,也没有老鼠不怕手电照射的。这厮,竟然是个例外。一只老鼠能活到这种洒脱范儿,也是一种境界。我只好打开宿舍门,它大大方方大摇大摆地走了。

一天后,Q先生和我说,他刚打死一只小老鼠。我赶紧问老鼠有多大,他用手比划了一下,体形和那只进入我宿舍的基本吻合。

我心里默默感慨:小老鼠已殁,终年两岁,虽当日从我宿舍潇洒而出,但仅多活一日。命也。

四

再之后,进入宿舍的小动物便丰富了起来,如蚰蜒,如土鳖虫,如蜘蛛,如飞蛾,如蚱蜢,如螳螂,如蛤蟆,如蚊子,如身体呈绿色时蹦时飞追逐灯光的袖珍小飞虫,如缓慢爬行状如屎壳郎的黑色硬壳物种,如既能展翅飞翔又能快速爬行身体黑亮状如蟑螂的物种,如身体呈黑色细而软爬行时扭来扭去的小物种……

如果换在小时候，这些小动物一旦进入我的领地，必让其有来无回，进来一只踩死一只。但随着年龄的增长，发现大家都活着不易，包括这些小动物，又何必置它们于死地呢？老子曾说"天地不仁，以万物为刍狗"，人们对这句话理解得有些偏颇，其实老子讲的是天地对万物都一视同仁。天地尚且如此，我们又何必横插一杠？

时间一久，这些小动物也习惯了我的宿舍，来来去去，进进出出，有时一天不见一只，有时一天会同时出现几只甚至十几只，而那些身体呈绿色时蹦时飞追逐灯光的袖珍小飞虫出现时则数以百计。

无论是人或动物，对周围的环境和其他物种都有一个适应性，当一方不再打击或消灭另一方时，后者便不再害怕或躲避前者。这就如我与宿舍里的小动物。鉴于我对它们的不理不睬，不打不灭，它们见到我时也表现得不怎么害怕，或者说，它们见到我时就像没有见到一样。

就这样，我与它们互不骚扰，相安无事。

一朋友获知我这里的情况后，对我说："有这么一群小动物每天陪伴着你，不寂寞啊。"我说："是啊！"

厂区里的那只猫

一

单位在驻村帮扶点建有一个厂区，以产业帮扶的形式进行扶贫。我刚一到这里，就发现有一只浅黄色的成年猫常来厂区觅食。其实，与其说是觅食，不如说它是来讨食的。

每到中午和傍晚时分，也就是午餐和晚餐时间，这只猫都会跳到我们宿舍窗户外边的阳台上，"喵喵"地叫着，透过窗户玻璃，向里张望，眼神里满是乞求。

听到它的叫声，我们便会在厨房里找一些剩饭放到门外的一个盘子里，这个盘子是专门给它准备的饭盒。据厂区里的 Q 先生、W 女士和 C 女士讲，这只猫来这里已经有一段时间了，比我到厂区的时间还早。言外之意是，Q 先生、W 女士和 C 女士比这只猫到厂区的时间还早。事实应当是这样的，否则，他们讲它的时候就不是以这种口吻了。

据 Q 先生、W 女士和 C 女士讲，这只猫对人非常警惕而且害怕，每次见到有人走近它身旁时，都会快速跑掉。一次，W 女士说，她现在都有点不想喂这只猫了，我问为什么，她说喂了它这么长时间，猫居然还躲着她，让她感觉很伤心。我安慰她说，这只猫肯定受过别人的伤害，一朝被蛇咬，十年怕井绳。它不是针对你的。

二

厂区里就我们四个人属于常住户，每天吃住都在这里。来参观厂区的人倒是不少，送走一批，又来一批，熙熙攘攘。

除我们几人外，厂区里比较固定的大型动物就是这只猫了。此外，还有一些小动物，如燕子、麻雀、喜鹊、野鸽子、不知名的小鸟。这些小动物是不是老顾客，我说不清楚。从外表上看，我实在分辨不出它们有何不同。多少年来，我总觉得一只燕子和天下所有的燕子都长得一模一样，就像一只喜鹊和天下所有的喜鹊都长得一个样子一样。

大家闲暇时，聊完人的事情，自然就聊到了动物，动物里自然就聊到了这只猫。如果按体形大小排列，除了我们四个人，就属这只猫了，它能名列第五，如果再不聊它，还能聊什么？

当然大家也想聊聊院子里的燕子、麻雀、喜鹊、野鸽子和不知名的小鸟，但这些看上去长相都一样的小动物，实在无法细聊，只能笼统地说——"这么多燕子""看，那两只野鸽子""那几只叫不来名字的小鸟挺好看""喜鹊也来喝水了"……

还是聊猫吧。

关于这只猫过往的一些事情，我是在大家的闲聊中了解到的。当然，我来以后，她们就不用再向我讲述这只猫的故事了，猫都干了点啥，我全知道了。

这个世界就是这样，事件的见证者总是在向后来者讲述着他们眼中的历史。就如在一个村庄里，一位年迈的老者能将全村每户人家的家底翻个底朝天，如张三是哪年哪月出生的，李四几岁时得过荨麻疹，王五的屁股蛋上被狗咬过几个牙印，赵六的丈母娘小时候经常和男孩子一块上房揭瓦，三十年的一场洪水将孙大头的二十多只鸡全部冲走了……

三

我发现这只浅黄色的猫肚子越来越大，问她们是不是猫怀孕了，她们说是了，再过几天估计就生小猫了，公猫是一只白黑相间的猫。

我问怎么不见这只公猫出现。她们说公猫自从和母猫交配完就走了，再没来过。

过了一段时间，这只母猫的肚子果然扁了下去。她们说这是刚生完小猫。母猫把小猫具体生到什么地方，大家谁也不清楚，每天只能看到它在饭点的时候会如约而至。有时，在非饭点的时间它也会来，如已是晚上十点多了，它还会在窗外"喵喵"地叫。只要它来一叫，我们都会出去再弄点饭菜给它。一个带孩子的母亲不容易了，大家都能理解，尽管它是一只猫。

几天后，据厂区里的工人讲，她们在一个大棚内看到三只小猫，看来大猫是把小猫下到这里了。

当我们几个人到大棚内寻找这三只小猫时，却一无所获。W女士说，是大猫把小猫转移走了。猫有一个特点，一旦发现幼崽的藏身之处被人发现，就会把它们全部转移走，防止有人或其他动物来伤害它们。

猫的这一特点，我还是第一次听说，心里将信将疑。

几天后，我们在厂区暂时间歇的生产车间内发现了三只小猫，两只浅黄色，一只黑白色。三只小家伙已经长到一尺多长了，在一台大型机器里来回穿梭着，看到我们进来时，都迅速躲到了机器的最深处，看来它们很快就能独立行动了。大猫则躲在墙角的一个洞里，警惕地注视着我们，并发出"喵喵"的叫声。见人就躲，似乎成了一些动物的本能反应。自从知道它们的住处后，我们每次都将它们的饭盒——那只最早放在宿舍门外的盘子，直接拿到了生产车间，然后把饭菜倒在里面，这样省得大猫来回跑了，几只小猫也可以和大猫一起进食了。

两天后，当我们再去喂食时，里面的小猫全不见了。W女士说："看，又转移走了。"

至此，我对大猫转移幼崽的说法深信不疑。

这猫，确实有点意思。我们每天喂它，它还是对我们不信任。

四

一日，厂区又来了一只猫，也是浅黄色，腿长身高，比那只下崽的母猫高出十多公分，发出的声音粗声粗气，像一个年轻小伙子在说话。我第一次见这么高大的猫。

据她们讲，这只猫以前也来找过下崽的母猫，但它不是那三只猫的生父，生父自从母猫怀孕后，就再没来过。她们说，公猫和男人其实都一样，负责任的少，红火完大都就没事了。我听这话似乎有弦外之音，而我又是男人，但和她们接触的时间不长，不是太熟，不宜接茬，也不宜辩论。Q先生坐在那里也一言不发，尽管他和她们很熟，而且他和W女士还是夫妻。于是，在沉默了几分钟后，大家接着谈猫。我问她们怎么能确定这只身高腿长的大黄猫不是这三只小猫的生父，她们说小猫里有一只是黑白色，而它是黄色，从颜色上就能看出来。"不是生父，它还老来？"我有点不解。"可能是母猫的情人。"女人们回答。

五

自从母猫将三只小猫再次转移走后,我们就很少见到它前来讨食了,有时候一天都不来一趟,有时候一天只来一趟,叫上几声就走了,也不停留。我分析这次它可能把小猫转移得比较远,来厂区一趟不太方便。当我们正在琢磨还用不用继续给它们送食时,却意外在监控里看到了它们的身影。

因某天夜晚我们听到窗户外边有响动,第二天起床后便调取了监控。但监控数量有限,窗户属于监控盲区,想看的东西什么都没有看到,基本上一无所获,但在另一个画面里发现了四只猫。

时间是在半夜十一点三十分多,母猫领着三只小猫出现在了生产车间,围着我们送去的饭盆一起用餐。在监控里,猫的几双眼睛发出耀眼的光芒。猫的眼睛和人的眼睛有着很大的区别,人一到夜晚,如果没有光线,什么也看不见,猫却不一样,白天与晚上对它们来说,没有什么区别。夜晚时,当它们的眼睛遇到光照时,便会闪闪发光。同样是眼睛,差别却是如此之大,有点意思。

我们都兴奋起来——猫食还得喂!但母猫究竟把这些小猫转移到了哪里,就不得而知了。不管它们转移到了哪里,只要它们晚上还来吃食,我们就不能停止供食。

我们多像一群动物保护主义者。

六

如果在城里,一只这样的猫,也许未必会引起人们的关注。但当在一个特定的范围内,除了零星的几个人,很少再能见到其他动物时,一只猫或一只鸟,都会成为人们关注的焦点。

也许，这就是环境。

对于一只生活在厂区里的猫，遇到了我们，是否也算是一种幸福？

七

那是我来厂区后的第三个月。

一日，我正在外面办事。Q先生给我发来了微信语音，说在四只猫经常出入的生产车间内，大猫和一只小猫死掉了，让我从手机上调一下监控。

我听后很是伤感。虽然这些猫一直在躲着我们，而我们一直都在给它们喂食，但它们突然死去的消息，还是让人很难过。

我赶紧回放了监控，发现在凌晨三点多，大猫带着一只小猫晃晃悠悠地从外面走了进来，几分钟后，便相继倒下了。据Q先生讲，他详细看了一下这两只猫，发现它们身上没有外伤。我们初步判断，它们要么是食物中毒，要么是误食了含有毒药的食物。

几天后，Q先生又讲，他发现两只死去的猫居然紧紧依偎在了一起，当天他把它们扔到墙外时，还特意看了一眼，它们之间是有一点距离的。他说，估计是别的猫看到这场景后把它们挪到了一起。他又说，本来他是想挖个坑把它们埋掉的，但当时厂区里有别的事，他就没来得及弄。

剩下的那两只小猫偶尔还会出现在厂区的院子内。

厂区里的蛇

一

自从离开村庄，已有多年没见到蛇了。

蛇虽然早已离开了我的视野，在梦中却经常能相会。如果在梦中见到一条或两条蛇，也不足为奇，而这些家伙要么不出现，一出现就是成群结队，三步一条，五步一团，毫无下脚之处。更为恐怖的是，其中一条会猛地在你身上咬一口，或者径直从衣服领口钻了进来。每次梦见这帮家伙，都会被吓醒，浑身是汗。

如果说我对什么东西比较讨厌或害怕的话，那就非蛇莫属了。

碰巧的是，在我驻村帮扶的厂区内，居然又和那厮见面了，还不是在梦里，是在现实中。

真是冤家路窄。

二

那是五月初的一个早晨。我正欲到厨房接水洗漱，这时传来了 W 女士的惊叫声——蛇！蛇！

我赶紧跑出厨房，顺着她手指的方向，在宿舍楼道的西侧看到一条灰白色、食指粗、约六十公分长的蛇正在蠕动。

多年没见，新鲜啊！留个纪念吧。

我飞快地跑回宿舍取出了手机，边靠近那厮，边给它录像。它看见有人向它走来，加快了游动的速度，一根分叉的长芯子从其嘴里不停地吐着，尾巴快速地晃动着。距离一近，我才看清楚，那厮的头部呈三角形，身上有花纹。

听到吵闹后，Q 先生三步并作两步赶了过来，直奔那厮而去。其时，那厮身体的前半截已沿着楼道钻入到监控室的门缝内，我们都有点紧张，如果它钻进监控室里，啥时候再出来就不得而知了。监控里又堆满了各种大小物件，进去把它找出来可就费劲了，而且人如果进入监控室被其突袭咬一口，后果就严重了。说时迟，那时快，就在那厮身体的后半截即将钻入监控室门缝的一瞬间，Q 先生的一只大皮鞋已踩到它身上。W 女士赶紧从厨房找出一截铁棍来，约八十多公分长，我一看这尺寸有点短，容易被蛇咬到 Q 先生的手，赶紧从旁边拿来一根两米长的铁棍递给了他。

Q 先生用铁棍乭住那厮的身子，将自己的脚解放了出来，用力一拨拉，将其从门缝里重新弄回到了楼道里，并再次用铁棍将其乭住，使其无法动弹。

我们几人围了过来，七嘴八舌地分析它有无毒性。Q 先生说他试一下看其有没有攻击性。在他那只硕大的皮鞋伸向蛇头时，那厮突然做出了一个攻击的动作。他再伸皮鞋，那厮再次攻击。他伸一次，那厮攻击

133

一次。针锋相对,毫不相让。最猛烈的一次攻击是,那厮居然试图将整个身子扑过来咬住 Q 先生的皮鞋。

我拍完这段 Q 先生与蛇相互攻击的视频后,起身回到了宿舍,准备编辑一下文字,发到朋友圈,让人们看看这新鲜的事。等我再返回现场时,一切已恢复了平静。我问 Q 先生蛇哪去了,他躺在床上翻看着手机,从牙缝里蹦出几个字——被我打死了。

那厮,出现在了它不该出现的地方,转眼间把自己的一条小命搭进去了。

三

由于这突如其来的事情,弄得我们几个人都心神不定,原本在七点三十分左右就开始的早餐也被迫推后了。

坐在餐桌旁,大家吃得心不在焉。W 女士说她现在心脏还在加速跳动。其实,我心脏也很不舒服,感觉有点慌。

我边吃边琢磨着这条蛇。从体形上看,这条蛇应当算是一条小蛇,有可能属于未成年范畴。既然一条未成年的蛇能来到这里,就不排除一条成年的大蛇也会来到这里。从概率上分析,大蛇和小蛇来到这里的机会是均等的。倘若大蛇真的来了,我们还能像今天一样将其顺利捕获吗?我们还能确保不被其咬伤吗?现在还无法知晓其有无毒性,但从其攻击性看,也不是什么善茬,如果属于毒蛇,那就更可怕了。

饭后,我们赶紧调取了监控,试图发现它是什么时候从哪里进来的。但监控画面显示,它是早晨从监控室的门缝爬到楼道里的,它在楼道里晃悠了没多久,就被 W 女士发现了,紧接着就发生了前面的事情。

问题又来了,它是什么时候进入监控室的?我从手机的监控软件翻到当天凌晨十二点整,也没发现任何蛛丝马迹,手机软件最多只能回放到当天凌晨十二点，大家决定从监控室里的电脑看一下，这样可以回放的时间更长。但厂区里紧接着又有了别的事，大家又都忙去了，中间一打岔，便将此事忘记了。期间，W女士坚持认为，这条蛇至少在监控室里已待了一天。事后证明，W女士的猜测是正确的。

四

由于这条蛇的突然闯入，当天中午用餐时，大家还在谈论着这个话题。

C女士起床较晚，早晨整个惊心动魄的场面她没有见到，用餐时她发表了自己的意见："其实应当将蛇放生，它也是一条生命了。"

Q先生反驳道："你没听说过'见蛇不打三分罪，打蛇不死罪三分'吗？"

C女士一下子让Q先生驳得有点反应不过来，一摊手："和你这种人没法沟通。"

我检讨道："其实这件事我也有责任，不能全怪Q先生，那个铁棍是我给他递过去的，我应当算帮凶。"

Q先生和W女士一听都来了劲，两人几乎都喜笑颜开了，终于找到可以开脱的借口了，夫妻终究是夫妻。Q先生说："对，责任主要在刘二，如果他不给我拿棍子，我也不会打死它的。"

我就是刘二。

我反驳道："W女士当时也给你拿棍子了，只不过她的棍子有点短，我是怕蛇把你咬一口，才拿的长棍，我是在保护你了。"

Q先生又道："反正不管咋说，你也有份。"

我说："是了，这件事我肯定有份，我刚才说了，我应当属于帮凶。"

坐在一旁的C女士口中接连发出了数声"阿弥陀佛"。

我调侃道："莫不是晚上要做个超度？"

C女士认真地说道："我中午就做。"

我的天！

"假如有一条毒蛇咬你时，你会不会还手？"我又朝C女士问。

"肯定不还手。"C女士平淡地说。

"你不怕它把你咬死？"我再问。

"咬死就咬死呗。"C女士还是那么平淡。

"境界！"我向C女士伸出了大拇指，以示敬意。

Q先生和W女士发出了毫不相信的笑声，像是听了一个笑话。

这顿饭算是结束了。

五

　　Q先生与蛇相互攻击的视频在朋友圈引来大量围观。大部分人留下了"太恐怖了，吓死人了"的留言；也有人留言：蛇不应打死，应当放生，这种动物报复性很强；还有人留言：它是小青，是来找许仙的，说不定你们厂区里就住着许仙呢；还有人留言：这是一条小蛇，说不定它的父母会来找自己的孩子的；还有人留言，蛇是小龙，进入住宅是吉兆……

　　其实，说句心里话，当时如果有一个捕蛇工具可以将其生擒的话，谁还愿意杀死这一条生命呢？但当时情况紧急，条件又不允许，只能如此。

　　在此后的几天里，我们几个人都提心吊胆，深怕真有大蛇前来。

　　又一日，因他事需要到监控室调取监控，我忽然想起了要看这条蛇是什么时候从什么地方进来一事，遂以快进的方式回放了之前的监控。但监控只能保存十天的纪录，当我回放到前十天画面的时候，发现这条蛇居然从监控室的门缝爬到了楼道里，玩了一会儿后，又从楼道爬回了监控室。也就是说，它在监控室已待了好多天。这也证实了 W 女士当日的猜测。再想往前回放，电脑已没有了纪录。

于是很懊悔，如果事发当天就回放监控的话，说不定真能查出个来龙去脉来。过了几天再看，已成为悬案。

六

若干天后，Q 先生说他在厂区南面的草丛中发现了一条大蛇，有酒瓶口那么粗，一米多长，这次他吸取了上次我们辩论的教训，没敢再将其杀死，而是找了一条长棍子将其挑到了墙根外面。

又过了若干天，在厂区里干活的两位女工说，她们在厂区东侧的厕所旁又见到了一条大蛇，直径比水黄瓜还要粗一圈，就在她们被这条蛇吓得发出惊叫声时，蛇居然将半个身子立了起来，随时准备要向她们发起攻击。

长江后浪推前浪，条条粗且长。

面对这些蛇入厂区的事情，迫使我在思考一个问题：究竟是谁闯入了对方的领地，是我们之于蛇，还是蛇之于我们？

蟾蜍

一

蟾蜍，也叫蛤蟆，俗称癞蛤蟆。它与青蛙的一个显著区别就是体表有许多疙瘩，很不平整，不像青蛙那样光滑。

网上有一个段子，是关于蟾蜍和青蛙的，说两只青蛙结婚后，结果生出一只蛤蟆来，雄蛙见状后大怒，问这是怎么回事，雌蛙哭着说在结婚前它整容了。虽说这段子属于调侃性质，但也基本透露出两者在外形上的一些细微差别。

蟾蜍白天一般很少出来活动，大多隐蔽在一些阴暗潮湿的地方，如草丛当中、石头下面或土洞里面。在傍晚或夜晚的时候，它们才出来活动。活动的范围也多在池塘边、河沟边、庄稼地边、大路边或建筑物的周围。

一日午后，在厂区的田间里，我发现一只小蟾蜍蹲在一个高大的作物一侧，在躲避着阳光，显然它是在乘凉。当我走到它身旁时，它一动不动地停在那里，用一双鼓囊囊的眼睛从侧面注视着我，那眼神有些紧张和侥幸，以为我没有发现它。为了不给它带来压力，我将计就计，假装真的没有看见它，大步从它身旁走了过去。在我走过去的一刹那，我仿佛感觉到它长出了一口气。

因我们宿舍楼道的大门一直敞开着，到了晚上，大大小小的蟾蜍就会溜达到宿舍的楼道内，多的时候，有时能发现五六只。又因宿舍的楼道内汇聚了各种各样的昆虫和甲虫，楼道便成了蟾蜍觅食的场所。起先它们溜达进楼道时，我还以为它们系误入，后来发现，可不是误入，是有备而来，而且是大批量潜入，还与日俱增，大有兴师动众之势。楼道里小动物发出的气息，它们可能早就觉察到了。

二

说起蟾蜍，人们就会想起那句知名的话——"癞蛤蟆想吃天鹅肉"。根据对蟾蜍的了解，在它夜间出来捕食时，多以甲虫、蛾、蜗牛以及蝇蛆等为食，在它们的食谱里似乎没有天鹅这一项。显然，这又是人类给它们安上去的。人类经常喜欢打一些比喻，以表达言外之意，喻体一般都不用自己，而是借用其他的动物。如，"死狗扶不上墙""狗咬吕洞宾""死猪不怕开水烫""杀鸡给猴看""牛头不对马嘴""瘦死的骆驼比马大"……

虽然"癞蛤蟆想吃天鹅肉"这句话一直被作为"痴心妄想"的另一种表达方式，但我觉得，这句话应当辩证地去看。如果癞蛤蟆真这么想了，也没有什么过错，这基本符合了"理想一定要有，万一实现了呢？"的奋斗信条。比如，某房地产老板就曾说过，先定一个能达到的小目标，比如挣它一个亿。这一个亿对普通老百姓来说，就是个天文数字，但对房地产大佬来说，还真是一个小目标。就如这天鹅肉，也许对其他动物来说是可望不可及的，但对于天鹅的天敌来说，还真不是个难事。这样一来，让蛤蟆惦记一下天鹅肉，也是无可厚非的。

网上还有一个段子，也是对青蛙和蟾蜍进行比较的。说青蛙思想保守，不思进取，坐井观天，是负能量；癞蛤蟆思想前卫，想吃天鹅肉，有远大目标，是正能量。青蛙上了饭桌成了一道菜，叫炒田鸡；癞蛤蟆上了供台，叫金蟾。

网络确实是个大杂烩，什么内容都有。段子手确实是高手，啥都能编出来。

三

蟾蜍在古代常被指称月亮。因为在传说中，月亮里面有三条腿的蟾蜍。

鉴于此，一些与"蟾"相关的语言，也多与月亮相关。如，蟾宫指月亮中的宫殿，蟾光指月光，蟾宫折桂比喻科举时代考取进士。

另一个与"蟾"相关的词语叫"金蟾"。如果留意的话，会发现，在一些经营场所的大厅内，大都供奉着一只金蟾，要么口含铜钱，要么口不含铜钱。据说，不管口含不含铜钱，金蟾都代表了招财之意。

经过多年的观察，我发现，经商之人多迷信。在他们经营场所内，要么供奉着公关，要么供奉着财神，要么供奉着貔貅，要么供奉着金蟾，最次也得摆放一个招财猫。感觉弄上这些东西后，就真能财源广进，日进斗金了。而现实情况是，那些破产倒闭的企业里，也曾一直虔诚地供奉着这些东西。

四

蟾蜍外表虽然很丑陋，尤其是其皮肤上的那些疙瘩，如果有密集型恐惧症的人看了之后，会浑身不舒服。虽然颜值不怎么高，蟾蜍却有着很高的药用价值，属于中用但不中看型。

换句话说就是，虽然我很丑，但我很有用。

据资料显示，从蟾蜍身上提取制作而成的蟾酥、蟾衣和干蟾皮都是名贵的药材，对一些疾病具有很好的疗效。此外，它们还被应用在某些癌症的治疗上。当前，对人类生命健康构成最大威胁的，又莫过于癌症与心脑血管疾病。

一个生命个体如果在牺牲自己后，能够造福众生，可谓死得其所，功德无量。如果说一个生命个体的消失，真有泰山与鸿毛之别，蟾蜍，当属泰山。

一窝幼鼠

　　有一年秋季，家里正准备碾压胡麻，当把成堆的胡麻移到打谷场（老家称之为场面）中央时，一窝幼鼠赫然出现在了眼前。之前我是没有见过幼鼠的，在概念里，幼鼠就是成年老鼠的缩小版，也长着毛，也身披灰色，只是小了点。这一瞅，不禁大吃了一惊。六七只幼鼠躺在地上，粉红色的皮肤包裹着全身，光溜溜的没有一根毛，像是刚破壳的小鸟，又像是刚出生的大熊猫，用老家的方言讲，叫清一色的"红麻不溜"。

　　几只幼鼠来到这个世界的时间可能不是太久，连眼睛都还没有睁开，彼此堆积在一起，相互依存，趴在地上一动不动，只顾"哼哼吱吱"地叫。

　　老鼠过街，人人喊打。这似乎已成为人们的普遍共识。在村庄，亦如是。

　　看到这一窝近在眼前的"四害"之一，我在快速地琢磨着让它们消失的 N 种方法。一是我一脚踩下去，把它们踩成肉馅儿，一脚如果踩不尽，最多再补上两脚三脚四五脚，但踩下去之后，有可能会把鞋弄脏；

二是搬起一块儿石头，举过头顶，从上向下用力砸，把它们砸成肉泥，但砸下去之后，有可能被飞溅的细胞弄脏了衣服；三是找一把铁锹，挖一个坑，把它们全部活埋了，但埋的时候有可能把铁锹弄脏……

思前想后，终究还是下不了手。毕竟这是几只鲜活的生命，这些残忍的手段也只能想想而已，即便是想想都感觉有罪恶感。看来，有些念头，是压根儿就不能有的。

倘是一只成年老鼠或是一群成年老鼠，我可能会毫不犹豫地给予其一击。但面前的它们是一群无辜的幼崽，连这个世界长什么样都未曾见过，若就这样死于我手，于情于理，都说不过去，尽管它们背负着老鼠的恶名。但这恶名似乎与它们无关，那些"坏事"都是它们的父辈或祖辈或祖先们干的，和它们又有什么关系呢？至少现在没有关系。也许在往后的日子里，它们"长大成鼠"后，会重操祖业，但现在它们还没有这样做。提前做"有罪推定"，似乎有点不合适。

"要不放它们一马？"我有点摇摆。

放了，似乎也不妥。若就此放过它们，几天后它们长大了，会不会去偷食麦粒，会不会去撕咬面袋，会不会去啃咬那几块物以稀为贵的羊肉，会不会在屋内的墙角打洞，会不会去咬烂衣服，会不会去撕扯书籍，甚而会不会传播鼠疫……

越想越后怕。

正在左右为难时，我忽然想起了家中的那只猫。那厮每天懒洋洋地躺在炕头上，一有空就睡大觉，感觉像是每天在单位值夜班缺觉似的。我也从未见它捕捉过一只老鼠，每到吃饭的时间点，它都会凭借着灵敏的嗅觉从梦中醒来，支棱着身子，摇摇晃晃，朝饭桌走来，边走边还"喵喵"地叫着。那神态，没有一点客气的样子，像是主人的伙食里本来就应该有它一份似的。时间一长，它还真养成了与主人一起进食的习惯，主人吃啥，它吃啥，吃完便又接着睡去了。一些注重养生的人往往在饭

143

后不去直接睡觉，要多少活动一会儿，生怕身上长了膘。在一个以瘦为美的年代，一个人如果身上长出一斤赘肉来，仿佛少发了一个月的考核费，纠结的很。猫却没事，它整天睡在那里，从不去锻炼身体，慢跑也好，快走也罢，哪怕是散一会儿步，也不曾见到。

今天算这只懒猫运气好，碰到了送上门的一道美食——一窝鲜嫩的鼠崽，可以改善一下伙食了。

猫与鼠天生就是一对天敌，之间有什么恩恩怨怨，就此了断吧。

我把那厮从屋里抱了出来，放到幼鼠的旁边，那厮竟一副怯生生的样子，不敢靠近，瞅来瞅去，也不愿离开，虎视眈眈，但也没有下口，犹犹豫豫，想必它也是第一次见这宏大的场面。

因还有其他的事情需要去做，在观看了一会儿后，我便离开了。

约摸过了四五十分钟，当我忙完手头的事情想过来看个究竟时，那窝幼鼠竟一个也没有了。

我沿着四周寻觅了一会儿，发现那厮蹲在旁边的一条河沟里，正用唾沫擦拭着嘴巴。我朝着它"咪咪"叫了几声，它晃晃悠悠地向我走来，走得很费力，肚子明显圆滚滚的，像是怀了孕。显然，它把那一窝小老鼠全吃了。

看着那厮饭饱后懒洋洋的神态，我心里又有点后悔，觉得不该将它抱过来。猫与老鼠即便再怎么不能相见，那也是它们之间的事情，我又何必横插一杠呢？真是"狗吃耗子——多管闲事"。

如果我不抱那厮过来，那一窝小老鼠就不会顷刻间命丧黄泉。如果不顷刻间命丧黄泉，它们也许就会茁壮成长，如果它们能茁壮成长，就有可能寿终正寝。善终，又是多少人追求的梦想。老鼠又何尝不是？

细想来，老鼠也就是偷食了人们的一点东西，便要付出生命的代价。这就如蚊子，它们也就是为了讨一口饭吃，就被人一拍子打死了。而咬人的蚊子里又全是雌性，雄性蚊子是不咬人的。雌性蚊子从人们身上吸食一点血，也只是为了身体里卵的发育成熟。为了传宗接代，就需要付出生命的代价，这成本确实有点大。

至于传播疾病与瘟疫，那是另一回事情了。在恐龙那个年代，老鼠就出现了，那时还没有人的踪影。如果说一个后来兴起的物种以防止传播疾病为理由，一见面就要去消灭掉另一个早已存在的物种，从人道主义考虑，似乎多少有点过。有效地做好防御，可能是最和谐的办法。话又说回来了，那些早期生命能够存活几千万年甚至上亿年，其生命力之顽强可见一斑，是那么轻而易举就能消灭掉的吗？

蝴蝶

一

用一句专业术语来描述的话，蝴蝶属于完全变态昆虫。这里的变态，不是人们平时理解的变态，通俗地讲，是一只蝴蝶一生中会经历的四个阶段：卵、幼虫、蛹、成虫。与完全变态相对应的是不完全变态，不完全变态只比完全变态少了一个阶段——蛹。当然，完全变态与不完全变态专指昆虫而言，如果是两栖类则直接称为变态发育，如青蛙。

我一直坚持认为，如果从外表上看，很多动物都是小时候长的比较可爱，长大后就不怎么招人喜爱了，比如蝌蚪与青蛙，小鸡与母鸡，牛犊与公牛。蝴蝶则不一样。蝴蝶是"长大成人"后，才更招人喜爱。那翩翩起舞的身姿，绚丽多彩的翅膀，让这个世界平添了几分妩媚。

二

小时候，每当看到一只蝴蝶飞过，便会追逐一番，试图将其生擒。但一般都是枉费心机，空折腾半天，最终只能无功而返。一个两条腿的人，试图追上一只飞行的昆虫，还真不多见。上初中时，有一门课程叫《生物》，一日，老师带着同学们手拿网兜，追在蝴蝶后面，顺势一扫，一只蝴蝶便被轻松捕获了。工欲善其事，必先利其器，是绝对正确的。

捕获后的蝴蝶，被制作成了标本。

对于标本这件事，我一直都有一些自己的想法。一只活蹦乱跳的动物被人活捉后，便被强行做成了标本，也不去征求一下它们本人的意见，问问人家是否同意。人们对待动物标本尚且如此粗鲁，对待植物标本就更不用说了，反正它们也不会像动物一样去逃跑或躲避，只能坐以待毙，整个标本的获取过程，不费任何周折。当然，除了动物标本和植物标本外，人类也有自己的标本——人体标本。对待自己的同类，倒是客气多了，除了本人愿意捐献遗体外，好像还没有人敢强行把别人制作成人体标本。

三

蝴蝶的颜色可谓五彩缤纷，多姿多彩。有棕色的，有蓝色的，有橘黄色的，还有白色的。其实仔细观察会发现，单纯一个色调的蝴蝶并不多，绝大多数的蝴蝶是几种颜色的组合体，如蓝白黑组合、橘白黑组合、黄黑组合……

一只翩翩起舞的蝴蝶喜欢落在一株花朵上。蝴蝶落在花朵上，倒不是因为它们困了或是乏了，它们是要吸食花粉。花朵通过蝴蝶的这种吸食行为，也实现了传播花粉的目的。这是一种合作双赢的经典案例。当然，蝴蝶也不是只往花朵上落，有时候还会落在别的地方，比如一块石头上，一根草叶上，甚至人身上。这个时候，它就是简单地落一下而已，与吸食花粉无关，这些被落对象的表面也没有花粉。

当两只蝴蝶在一起时，就会追逐嬉戏。它们在半空中忽前忽后、忽左忽右、忽高忽低的华丽舞姿看得人眼花缭乱，也让人充分领略了它们高超的飞行技术。在这方面，它们与燕子有着一拼。人不懂蝶语，不知道它们彼此在说些什么，但能感觉出它们玩得很开心。

一首以两只蝴蝶追逐嬉戏为原型而创作的歌曲——《两只蝴蝶》，曾火暴一时，红遍大江南北。其中的歌词也不乏经典之句，如"我和你缠缠绵绵翩翩飞／飞越这红尘永相随""等到秋风起，秋叶落成堆／能陪你一起枯萎，也无悔"。

一个作品的走红，需要各方面因素的同步发力，缺一不可。当然，关键还是要选好主角，就如这蝴蝶。如果把主角换成土鳖虫，效果可能就要大打折扣。

四

与蝴蝶相关的一个成语，也被人们所熟知，那就是化蛹成蝶，用以比喻经过一番努力而最终成功。

另一个关于蝴蝶的知名句子就是"庄生晓梦迷蝴蝶"，这是唐代诗人李商隐《锦瑟》（锦瑟无端五十弦，一弦一柱思华年。庄生晓梦迷蝴蝶，望帝春心托杜鹃。沧海月明珠有泪，蓝田日暖玉生烟。此情可待成追忆，只是当时已惘然。）诗中的一句。《锦瑟》这首诗，是李商隐的代表之作，堪称经典。正是这首传世佳作，让蝴蝶再一次闯入文学视野，并成为昆虫与文学完美结合的杰出代表。"杰出"这个词现在有被人类打脸的嫌疑，应当引起警惕。如一些学校会将某些在官场上级别较高的校友列为

"杰出校友"，以资炫耀。而现实总是喜欢和人开玩笑，有时候玩笑开得还有点大。如某学校刚刚在内部网站上发布了一篇《我校杰出校友XXX回母校探访》，结果没过多长时间，这位"杰出校友"就落马了。作为应急反应，学校赶紧删稿。如果这位"杰出校友"当时还应邀题了字，学校还得连夜将所题之字拆除。注意，拆除字迹这种事情一般都是在夜晚进行，光天化日之下干这种事的不多见。这样一折腾，让"杰出"一词很是窝火，甚而觉得蒙羞。其实，如果"杰出"一词想要实现自身的保值进而增值的话，还是与动物合作保险，比如蝴蝶。

五

与蝴蝶相关的一个著名理论，就是蝴蝶效应。

蝴蝶效应是这样表述的——"一只南美洲亚马逊河流域热带雨林中的蝴蝶，偶尔扇动几下翅膀，可以在两周以后引起美国得克萨斯州的一场龙卷风。"其理论依据就是蝴蝶扇动翅膀的运动，导致其身边空气系统发生变化，并产生微弱的气流，而微弱气流又会引起周围空气或其他系统相应的变化，由此引起一系列连锁反应，最终导致其他系统发生变化。我个人觉得，"蝴蝶效应"主要还是想说一个不起眼的小动作却能引起一连串巨大的反连锁应，其与"细节决定成败"似乎有点近亲的意味。

六

一只体重并不明显的蝴蝶，却能在动物界甚至人类社会拥有举足轻重的分量。这让我对它刮目相看。虽然它很轻，它却又很重。

试想，谁能扇动一下翅膀就引发一个效应？谁能让一个道家学派的创始人迷恋到五迷三道？完全变态的昆虫多了，为什么单单造就了"化蛹成蝶"？

它只是一只小小的蝴蝶，不佩服行吗？

蜻蜓与飞蛾

一

　　蜻蜓的颜色很多，在我的印象里，以蓝色、绿色和浅黄色居多。当然，有的不是纯色，而是夹杂了其他的颜色。

　　从外形上看，蜻蜓给人的感觉有两个，其一便是头大。这一点和苍蝇有些相似之处，苍蝇的头部就占据了身体的很大一部分比例。当然，虽然二者头都挺大，但头大归头大，从整体形象与气质上看，蜻蜓比苍蝇好看多了，基本上一个在天上，一个在地上，不是一个层级。二是身体笔直且长。蜻蜓除了头部，就是腹部，由于腹部太长，长到有点修长的感觉，我一直怀疑它的腹部应当也包括了尾部，只不过是二者连在了一起。当蜻蜓在空中飞舞时，其修长笔直的线条越发明显，仿佛一架迷你型直升机从身旁经过。直升机和蜻蜓确实有太多的相似之处。设计师在设计直升机形状时，有没有借鉴蜻蜓的外形，就不得而知了，据说直升机在机翼防颤振方面是实打实向蜻蜓借鉴了。

　　虚心向他人学习，应当是每一个生命个体一生都应坚持的态度，包括向动物学习。我一直坚持认为，我们需要和动物学习的地方太多了，如对地震的提前感知，对暴雨来临前的预知，以及对异常气候的感应等等。

二

　　蜻蜓喜水，所以在有水的地方，一般会看到蜻蜓。

　　而"蜻蜓点水"又成了它标志性的动作。

　　每一种动物都有一个属于自己的标志性动作，以彰显自己基因的独特性。如老鹰的俯冲、燕子的折飞、毛驴的鸣叫、海豚的跃跳。

　　以前我一直以为"蜻蜓点水"是自己闹着玩儿了，后来才知道，"蜻蜓点水"居然是在产卵。闹着玩儿和培育下一代，性质就完全不一样了，而且后者显得庄严了许多，因为人家在完成一项传宗接代的神圣使命。据说蜻蜓的卵是在水里孵化的，幼虫也是在水里生活，两年以后才爬出水面。人类把蜻蜓点水这个动作，拿来作了成语，用以比喻做事肤浅不深入，浅尝辄止。显然，他们在制作这个成语时，也犯了和我一样的错误，以为人家点水是在闹着玩儿了。如果知道人家是在繁殖下一代的话，怎么说也不至于归入贬义的范畴，最次也得是个中性，稍稍好一点的话，应当划入褒义的行列。

　　中国有句古话叫"活到老学到老"，我觉得这句话很经典。很多事情你以为的未必是你以为的，印象中的事和现实中的事，有时候还真不是一回事。

三

飞蛾与蜻蜓虽然同属昆虫，且都长着翅膀，但区别还是很明显的。

从外观上看，飞蛾的颜值与蜻蜓的颜值基本不能相提并论，如果说蜻蜓属于赏心悦目型的话，飞蛾只能属于马马虎虎型。

从受欢迎程度上看，如果有人看到蜻蜓，大都想将其捉住，观赏一番；如果有人看到飞蛾，基本是不理不睬，敬而远之。至于会不会发生最糟糕的情况——被打死，那就得看个人的修为了。

关于飞蛾的一个知名成语，就是飞蛾扑火。这个成语也基本上属于贬义的范畴，意指自取灭亡。

飞蛾为什么要扑火？据相关资料显示，飞蛾原本是依靠日光、月光或星光的指引而飞行。当飞蛾在直线飞行时，它在任何一个位置上与光线形成的夹角都是一个固定值。但是，如果离一些光源太近时，如蜡烛、火把、灯光等，飞蛾飞行的路线就不是直线了，而是一条不断折向光源的等角螺线。

如此看来，飞蛾扑火并不是有意去自杀，而是实实在在被"火"误导了。

飞蛾喜欢亮光，可不是一般意义上的喜欢，而是有些执着了。在夏日的路灯下，一群飞蛾会不知疲倦地飞舞着，不离不弃，其追逐光明的意志，有些让人感动，完全达到了"信仰"的境界。无论干什么事情，一旦上升到信仰的高度，就有点坚如磐石了。有人说现在的落马官员，基本没有什么信仰，如果说有，也是信仰权钱色。这个说法毫不为过。翻看官员落马的原因，基本惊人的一致，不外乎权钱交易、权色交易和权权交易，不论什么交易，核心还是为满足个人的私欲。如果一个真正有信仰的人，还会有个人私欲吗？走进佛教圣地会发现，那些虔诚佛教徒一步一叩首的举动，就是信仰的真切体现。如果官员的信仰也如此坚定的话，还会去搞权钱色交易吗？鉴于此，我觉得，有必要让落马官员在夜晚的路灯下，集体观摩一下"飞蛾扑火"的执着精神，这对改造其思想，洗涤其灵魂，大有裨益。

四

飞蛾一到白天基本就蔫了。

看来，它是十足的夜行动物。

在我驻村扶贫工作期间，厂区每到晚上都会将宿舍楼道门口的一盏大灯打开。到了夏季，数百只飞蛾会将大灯团团围住，就连灯下的玻璃门上也尽是飞蛾的身影，以致我们一度都不敢开灯。等到了白天，大量的飞蛾便停留在宿舍窗户的玻璃上或纱窗上，一动不动，像是休克，这种状态给它们带来了灭顶之灾。

一日，我目睹了这些飞蛾的集体被消灭。两只麻雀敏锐地发现了停留在窗户上已经不怎么活泛的飞蛾，便一前一后飞将起来，双双分别用力一啄，两只飞蛾便被它们各自衔走了。一会儿的工夫，两只麻雀又返了回来，再分别用力一啄，另两只飞蛾又被衔走了。飞蛾在被麻雀衔走的瞬间，似乎都没有察觉到危险的到来，至于逃跑或反抗，可能连意念都没起。这些飞蛾的体形都比较大，而且非常厚实，基本相当于一颗大豆的轮廓，我都怀疑一只麻雀如果连续吃进去三四只飞蛾会不会属于暴饮暴食的范畴。又过了一会儿，又来了两只麻雀，在重复着刚才的捕食程序。鉴于我实在分辨不出每只麻雀在长相上有什么差别，所以无法判断每次出现的两只麻雀是新来的，还是刚才来过的。在不到半个小时的工夫，窗户上落着的二十多只飞蛾被悉数消灭了。如果不是麻雀透过窗户的玻璃可以看到我在屋内坐着的话，可能这些飞蛾被消灭的时间会更短一些，它们在捕食的过程中显然考虑了我这个因素的存在，因为它们好几次准备下手时，望了我一眼又飞走了。"螳螂捕蝉，黄雀在后"的故事，看来它们也懂。

苍蝇、蚊子、跳蚤与虱子

一

每到天气暖和的时候,有些物种就喜欢进入到人们的屋子内,"嗡嗡"地制造点动静,比如苍蝇;而另一些物种,却在人们熟睡或没有防备时径直咬一口,让人不得安宁,比如蚊子。

二

只要有人居住的地方,大概就有苍蝇存在。在南极和北极科考的除外。

一颗硕大的头颅,一副通体发黑(有时候还是荧光绿)的身子,以及一双透明的翅膀,成为苍蝇的标志性装扮。

有句谚语叫"苍蝇不叮无缝的蛋",我觉得这句话总结得很好,但凡在什么地方有什么东西发霉或发臭，苍蝇便会出现在那里。就如到一座旱厕如厕时，"嗡"的一声，一群绿头苍蝇会瞬间从地面上飞起。这还不是最脏的苍蝇，最脏的都在下面的坑内，享受着人们排泄后的秽物。当然，也不能排除地面上的这一群，也是刚从坑内飞上的那一群。

鉴于苍蝇肮脏的这一面，小时候，我常拿一只苍蝇拍满院子、满屋子追赶着打苍蝇，目的有两个，一是将其消灭掉，免得其脏兮兮的脚丫落在饭菜上，二是练习出拍速度，看能否百发百中，且一击毙命。

等拍蝇水平有所长进后，觉得用拍子打苍蝇，不算什么本事，徒手拍蝇那才叫功夫。于是当一只苍蝇正在空中飞翔时，便一巴掌朝其迎面拍去，苍蝇躲闪不及，随即坠地，在地上打几个转，不再动弹。也有个别生命力顽强的，在地上打几个转后，爬了起来，晃晃悠悠地又飞走了。

苍蝇有着极强的生存和繁殖能力。据资料显示，其和恐龙属于一个时代的产物。恐龙早已烟消云散了，苍蝇却依旧生生不息。两者的存在，也为两种养生观点提供了论据，即生命的意义在于"强"的短暂，还是"弱"的长久？

如果说苍蝇还有一处让我钦佩的地方的话，那就是它的行走能力。在光滑的窗户玻璃上，它可以随意行走，或头朝上，或头朝下。在屋顶，苍蝇还可以垂直于天花板行走，而掉不下来。这是何等的功夫啊？

三

在村庄生活的二十多年里，我独没有见过蚊子，也没有被蚊子咬过。没有见过，当然就不会被咬过。

与蚊子频繁打交道，是进城以后的事情了。

对于蚊子，给我的整体印象是比较差的，差到已经达到讨厌的程度。

在夏秋两季，一不留神，蚊子便会从门、窗或抽油烟机的管道钻进来,或者跟在人身后直接混了进来。当你正在睡梦中时,如果突然感觉身体的某个部位既痒且疼,且一会儿的工夫,一个大扁疙瘩就起来了。不用问,十有八九是被蚊子咬了。如果被蚊子咬上一口,就此打住,事态不再继向前发展,也还算个事,翻身接着睡觉即可。问题是,那厮根本没有停手的意思,咬完一口后,还惦记着第二口第三口甚至第四口,这就有点没意思了。再者,咬就咬吧,还总"嗡嗡"地在脑袋四周叫个不停,扰得你无法入睡,整个心神都不得安宁。于是只能决定将其拍死。

如果运气好的话,在快速打开屋灯后,会看到一只蚊子正落在附近的床头上、墙壁上或窗帘上,显然刚才就是这厮在作恶。一拍子过去,蚊子要么应声落地,要么粘在了墙上,留下一道血印。运气不好时,打开屋灯寻觅上半天,连个蚊子影子也发现不了,只能无功而返,睡意却没了。于是咬牙切齿,恨不得再见时将其一脚踩死。无奈,第二天只能昏昏沉沉去上班。

有时,如果想在夜晚的户外多待上一会儿,感受一下难得的清凉,却总有一些蚊子扰个不停,若不提前喷洒花露水,便只能草草回家。

能不厌其烦地对人进行跟踪、骚扰和攻击,除了蚊子,我还真想不出第二个物种。

四

小时候,在屋子里经常出现的另一个比较讨厌的物种就是跳蚤了。

跳蚤黑而扁,体形非常小,小到像圆珠笔笔芯上安装的滚珠。跳蚤常在人们入睡后,在人身上吸一口血,如果机会允许的话,会吸上两口三口四五口,直至吃饱后不能动弹。在贪吃这一点上,跳蚤和蚊子有着相似的德性。有时在第二天起床后,在身下会发现一只被压死的跳蚤,压死的原因是因为它吃的太饱了。

跳蚤多与羊为伍，人们在锅灶里烧羊粪或柴火时，跳蚤会随之被带入家中。

如果头一天晚上被跳蚤咬了，第二天早晨叠被子时一定要留意观察，若不将其弄死，晚上还会接着咬你。

跳蚤以跳跃为行走方式，"跳蚤"因此而得名。在村庄，炕上多铺油布，跳蚤脚下打滑，影响其正常弹跳能力的发挥。即便如此，跳蚤向上一跃，依旧可达二十厘米之高。当看到一个小黑点从眼前快速闪过时，那一定是跳蚤。因其体形太小，用苍蝇拍拍打时容易从缝隙处漏掉，只能用巴掌去拍打。一巴掌拍下去时，那厮便不见了踪影，当以为已将其拍死时，一撒手，结果下面什么也没有。寻觅处，那厮正在别处跳跃。在连续追击拍打后，那厮终被拍死，一点鲜红的血从其身上溅了出来，整个身子越发扁了下去。这也应了那句"吃了我的给我吐出来"，只不过跳蚤比较可怜，吐就吐吧，竟将自己的身家性命也搭了进去。

五

除了蚊子与跳蚤，另一个咬人的物种就是虱子了。

不过现在已经很难看到虱子了。

虱子的突然消失，应当有这么几个原因：一是人们与牲畜接触的频率不及过去，二是人们的卫生意识逐渐增强，越来越讲卫生了，三是化学物品的大量使用，虱子没有了生存的环境。

如果往前推几十年，虱子是非常普遍的，见到一只虱子就如见到一只麻雀那么容易。那时，不但动物身上有虱子，人身上也有，如头发上、衣服里、被单处。

虱子主要以吸血为生。如果身体的某处有点痒，用手一抓，弄不好就能遇到一只虱子。把虱子捉下来，放到一个坚硬的物体上，用指甲盖一挤压，虱子的身体便发出一声清脆的响声，一点鲜红的血从虱子的身上迸发出来，虱子便干瘪了下去，成为一具皮囊。如果旁边没有坚硬的物体，用两个大拇指的指甲盖将虱子夹在中间，一挤，"噼"的一声响，一点鲜红的血依旧会从虱子的身子上迸发出来，效果和放在坚硬的物体上基本一样。

鲁迅曾在《阿Q正传》里有一段关于虱子的描写，"阿Q也脱下破夹袄来，翻检了一回，不知道因为新洗呢还是因为粗心，许多工夫，只捉到三四个。他看那王胡，却是一个又一个，两个又三个，只放在嘴里毕毕剥剥的响。……他很想寻一两个大的，然而竟没有，好容易才捉到一个中的，恨恨的塞在厚嘴唇里，狠命一咬，劈的一声，又不及王胡的响。"

看来，在鲁迅那个时代，人们捉住虱子时，有放在嘴里咬的习惯，血从哪里来，再到哪里去，尘归尘，土归土。

过去老人们常讲一句话"捉不完的虱子，逮不完的贼"，总结得非常经典也很到位，在当时卫生和物质条件均差的情况下，虱子与贼还真是难以消除。当然，谁也没有想到，几十年后，虱子却不见了。而随着手机网上支付功能的实现，身上带现金的人已越来越少，小偷这个行业也遭遇了重创。只有想不到的事，没有做不到的事。

在虱子猖獗的那几年，会因为一个虱子而引发一些笑话。

记得上学时，宿舍里两个同学将衣服挂在了同一根绳子上，两件衣服紧紧挨着。第二日，甲同学发现自己衣服上有一只虱子，便说："我刚洗的衣服上就有虱子了，肯定是从你衣服上爬过来的。"乙同学回道："咋能证明这虱子不是你衣服上的？"甲又道："我衣服上一直没有虱子，我看见你昨天还捉虱子了。"乙："……"

虱子不像苍蝇和蚊子在冬季时就基本消失了，虱子是四季常青，只要依附在人身上，就不分春夏秋冬，凭借着人体的恒温，优哉游哉地过着幸福的生活。

为了对付虱子的骚扰，在梳子之外，人们又发明了篦子。篦子是用竹子制成，中间有一根比较粗的梁，两侧为密齿。称它为密齿，是因为它齿与齿之间的间距比梳子更密。篦子的功能主要用来清理虱子，顺道收拾点头屑。当虱子消失后，篦子也基本退出了历史舞台，现在基本转型为了工艺品。篦子的命运有点像"飞鸟尽良弓藏"。

除了篦子，除掉虱子也有其他的方法。如果虱子起在头上，把头发全部剃掉，然后彻底清洗头皮，基本可以清除。有个歇后语叫"和尚头上的虱子——明摆着"，这一说法证明，如果头上没有了头发，虱子是很难生存的。但除了僧人，谁没事愿意剃个秃头？所以，虱子还是清除不掉，篦子还得使用。如果衣服上起了虱子，冬季可以将衣服放到屋外让严寒去拷打，其他季节可以用开水煮烫，虱子一定会被清理干净的。给虱子点极限温度，它就无法存活了。

别看人们可以想出一些收拾虱子的方法来，但如果虱子寄生到其他动物身上，这些动物除了向石头、墙根、大树等坚硬的物体蹭一蹭外，真还没有其他好的对付虱子的办法。据英国《每日邮报》前几年报道，英美科学家经过研究指出，恐龙的脾气为什么那么暴躁——因为它常年被虱子"折磨"和"骚扰"。别看虱子长的不怎么起眼，竟然可以改变一只恐龙的性格，厉害不厉害？

鱼、虾、水黾与螃蟹

一

一些长期有水且水量较大的地方，基本都可以看到鱼。

在单位门前的不远处，有一条河，里面有很多鱼，我们常带着儿子到那里去钓鱼。

说钓鱼其实有点不准确，准确的表述应当为捞鱼。

我们拿着一根在公园里买到的不到两米长的供小朋友捞鱼的网，蹲在河边，将网伸到水里，等待着鱼儿的入网。姜太公当年钓鱼是"愿者上钩"，我们和他也基本差不多——愿者入网。

在我们身旁，是一些垂钓者，每隔数十米就坐着一位。他们都有专业的工具与配套设备，如头顶的大伞或草帽，屁股下的椅子或马扎，身旁的大水桶，一根长约十多米的鱼竿，几袋内容不同的鱼饵。工欲善其事，必先利其器。他们在这方面比我们领会的深刻。

当我们还在等待有无三厘米长半厘米宽的鱼儿游到网中时，身旁的垂钓者却频频将鱼竿抛向半空，一条两条三四条，五条六条七八条，一会儿的工夫，十多条鱼儿就被收入桶中，而每一条鱼的大小也不等，有三厘米宽十多厘米长的，有四厘米宽十五厘米长的，还有五厘米宽二十厘米长的……

　　一次，儿子看着我们惨淡的"收成"，不时瞅着身旁垂钓者一次次投入桶中的大鱼，露出了满是羡慕的眼神，说："我想过去看看他们钓的鱼。"我们收起了自己简陋的设备，欣赏着这些垂钓者的华丽技艺。"哇，又一条！""哇，这条真大！"儿子兴奋地叫着。临走时，对方从桶里抓出一条三厘米宽十厘米长的鱼送给了儿子。儿子兴奋地观赏着这条"庞然大物"，比起我们捞到的鱼，这条确实属于庞然大物了。

　　在我们居住的城市北面，有一处公园，公园里有一个面积不大的湖，这是我们常去的第二个捞鱼地方。自从去了这个地方后，我们改进了捞鱼设备，向着垂钓的方向迈出了一大步。这个改进，也是向别人学习借鉴而来的。一次，我们继续拿着简易的捞鱼工具——那只从公园里买来的渔网，蹲在湖边等待着鱼儿的入网。旁边的一家人却将一个抛入水中的矿泉水瓶猛地拽了上来，里面居然有三五条鱼，其中几条鱼的体形居然有一厘米宽四厘米长，有的甚至达到了一点五厘米宽六厘米长。妻子虚心地向对方请教了这个设备的制作工艺，以及放置什么样的东西作为鱼饵。临了，对方又赠送了儿子几条鱼，这些鱼虽然与那些垂钓者钓上来的鱼差别很大，但比我们捞上来的鱼又大了许多。

　　等我们再次来到这个湖边时，基本可以称为"钓鱼"了，因为我们也制作了一个"矿泉水瓶钓鱼器"，瓶中以馒头为鱼饵。果然，与以往"愿者入网"的捞鱼方式相比，这简直是质的飞跃，一些体形较大、平时在水里根本看不到的鱼竟然会钻了进来。每次将瓶子从水中拽出时，儿子都会兴奋地叫一声"哇，这条真大！"其实，最大的鱼也超不过一点

163

五厘米宽六厘米长。当然，也有一条将近十厘米长的，不过不是鱼，而是一条泥鳅。这属于意外收获。

这些被钓上来的鱼，都被儿子养在家里的一个方形水盆里。经过多次的捞鱼、钓鱼、饲养与护理发现，越是体形大的鱼越容易早早死掉，反而是那些体形较小的鱼生命力比较顽强。所以，在那只方形水盆里，体形较大的鱼大都提前侧躺着身子漂浮在了水面上。

鱼有一个特点就是不知饥饱。如果你不停地喂食，它们就会不停地进食，一直吃到把自己撑死为止。每次给它们喂食时，我都会小心谨慎地投入一些碾碎的零星鱼食，生怕它们吃多了。整个投食过程，哆哆嗦嗦，像一个吝啬的赐予者。

在这些被捕获的鱼中，有时候会突然少了一条，细一看，发现只剩下鱼头了，看来，它们之间是会同类相食的。大鱼吃小鱼的故事，是真实存在的。

二

在我们捞鱼与钓鱼的过程中，有时会有一些额外的收获，那就是顺道捕获一只两只或几只小虾。

这种虾通体透明，身体由几节组成，感觉每一节都是组装而成，不像一个完整的一气呵成的机体。在虾身体的两侧，分别分布着四条细而长的腿。虾的头部是一堆乱糟糟的触角，其中有两根特别长，向外扩张着，像是长长的胡须。两个圆滚滚的黑色大眼睛分列在头部的两侧，像一根两端呈黑色的棉签。头部里面是一团黄黑色的物质，具体这是什么东西，就不得而知了。我猜测，这应当属于大脑。否则，它的大脑安放在何处呢？。

虾的体形大小不等，有一厘米长的，有二厘米长的，有三厘米长的，也有四厘米长的，我们捕获的体形最大的虾也就四厘米长。

捞虾比捞鱼简单多了。只要把渔网沉入水中，放到虾的前面，迎面一兜，便会收入网中。虾看到渔网时，似乎也不怎么害怕，只是稍稍向后退几步。但过不了多久，它便放松了警惕，又向前游去，有时还会自己进入了网中，自投罗网。当把手伸入网中准备将其捉出来时，它会"嗖"地一下向前蹦去，这一蹦，高度很高，长度很长。虾居然会蹦，我还是头一次见，真是活到老学到老。鉴于轻而易举就可以将其捞入网中，我便怀疑这虾的智商远不及鱼高。

每当看到这种身体透明的小虾，我就会想起饭桌上的小龙虾——肉多而鲜嫩。而这种小虾，整个身子都是轻飘飘的，除了一副干瘪的硬壳，浑身找不到其他任何有分量的东西，至于虾肉，无论怎么观察，都发现不了半点蛛丝马迹。

三

在湖泊或池塘平静的水面上，经常会看到一只六条腿又细又长的黑褐色小型昆虫在快速前行，其速度之快，像是在弹行。它就是水黾。因水黾前面的两条腿太短，更像是头部的一对触角，给人的感觉像是长着长长的四条腿。当它整个身子落到水面上时，竟引不起半点波动，似乎这身子的分量近于虚无。而它在水面上的滑行动作，优美而迅捷，如履平地。怎么看，都无法与水面联系在一起。

水黾这种高超的水上动作，让我想起了中国的轻功。中国的轻功多见于陆地，在水面上展示的不多。不过，据媒体报道，有人曾展示过自己的"水上漂"轻功——在水面上放置一排三合板，将所有的三合板用绳索连起来，然后人在三合板上面快速奔跑，据说能跑出一百多米而掉入不到水中。对于媒体这种"水上漂"功夫的报道，我不敢苟同。如果说这也属于轻功的话，我觉得我也会轻功。即便不如这位同志能"漂"出一百多米，我也能"漂"出个十多米。我理解的"水上漂"功夫，应当是不借助任何辅助物的水上行走或奔跑动作，就如水黾。

四

螃蟹的外形基本可以用"随心所欲"来形容。一副坚硬的外壳，一对像钳子一样用来掘洞、防御和进攻的螯足，四对用来步行或划水的步足。这一身装扮，成为了螃蟹独特的标配，浑身体现着坚硬。说到坚硬，人们会想到刺猬。刺猬的外表确实很坚硬，所以它会用身体最坚硬的那部分去保护身体较柔软的那部分，也就是说刺猬是"上硬下软"。螃蟹的硬，则是从上到下都硬。除了身子硬以外，就连那几对足都一样硬。所以，就"硬"的深度与广度而言，螃蟹基本做到了上下统一，内外一致。

除了形状的奇特，就连走路的姿势，螃蟹也是独树一帜。其他动物，包括人，基本都是竖着走，螃蟹则不然，它是横着走。如果说它横着走是因为腿多，我觉得这倒未必。蜘蛛的腿也挺多，蜈蚣的腿也挺多，蚰蜒的腿也挺多，蝎子的腿也挺多，但它们都是竖着走。

鉴于这"横着走"比较霸气，于是"横着走"一词也被用来形容一些人行事比较霸道。

再就是螃蟹的颜色。螃蟹活着时外表为青灰色，一旦被蒸熟，便成了橘红色。所以有一句话叫"螃蟹大红之日，便是大悲之时。"借此言说着物极必反的坚硬道理。

将煮熟的螃蟹掰开后，一个黑糊糊、软绵绵的东西便出现了，其形状像一个打坐的和尚，这就是知名度很高的"蟹和尚"。传说，这"蟹和尚"就是当年的法海所变。当然，这肯定是传说了。如果里面真是法海的话，多少年过去了，他也早该修成正果了，用不着这样世世代代无穷

166

无尽地在每一个螃蟹的壳内待着了。

　　螃蟹虽外形丑陋，却和文人有着一些缘分。一些关于螃蟹的诗句，一直被流传至今。如徐似道（宋）有"不到庐山辜负目，不食螃蟹辜负腹"，邵桂子（宋）有"松下吟哦几唱酬，却携螃蟹饯监州"，明代的无名氏有"尝将冷眼观螃蟹，看你横行得几时"，曹雪芹有"持螯更喜桂阴凉，泼醋擂姜兴欲狂。饕餮王孙应有酒，横行公子却无肠。脐间积冷馋忘忌，纸上染腥洗尚香。原为世人美口腹，坡山曾笑一生忙"……

　　螃蟹说，虽然我很丑，但我很有来头。

蚂蚁

一

蚂蚁与人走得挺近,"近"之程度,甚至超越了麻雀与喜鹊。蚂蚁基本不怎么避讳人,有人的地方,几乎就有蚂蚁。

其实,如果按诞生时间的早晚来推算,应当是先有蚂蚁后有人类。据资料显示,早在白垩纪时期,也就是恐龙出现的那个年代,蚂蚁就出现了,彼时,人类还不知道在哪里云游呢。所以,与人类相比,蚂蚁属于骨灰级。如此一来,刚才的语言基本可以这样重新组合了:人与蚂蚁走得挺近,"近"之程度,甚至超越了麻雀与喜鹊。人基本不怎么避讳蚂蚁,有蚂蚁的地方,几乎就有人。

二

可能和自己是这个世界上最早出现的物种有关，蚂蚁基本上想到什么地方就到什么地方，想在什么地方造穴就在什么地方造穴，比如随便一片土壤，随便一个山丘，随便一块石头下面，随便一户人家的厨房角落……

在蚂蚁看来，想当年，我们什么事物没有见识过，什么风浪没有经历过，你们算什么？一群后生晚辈！所以，我们想去哪里就去哪里，想到哪里溜达就到哪里溜达，只要我们喜欢。这就如一个朝代的开国元勋，一个单位的元老级创始人，走路时都可以横着走，只要对方愿意。谁让人家资历在那里搁着呢？

所以，如果细心观察的话，会发现，蚂蚁根本不怕人，只要是它想到你身上溜达一圈，就会沿着你的鞋面、胳膊或裤脚直接爬了上来，毫不顾忌你的感受。不像其他动物，一见到人就会逃跑，边跑边还露出一副畏惧的眼神，以佐证其确实很害怕。即便是攻击性极强的毒蛇、狮子、老虎、狼见了人也基本要回避一下，除了万不得已，它们是不会主动靠近人的。而其他小动物，就更不用说了，什么蛐蛐、土鳖虫、蜘蛛，一见到人便落荒而逃了。

三

蚂蚁最壮观的场面莫过于搬家。

那密密麻麻的搬迁大军，沿着一条既定的路线行走在土路上、大树下、山脚处，前不见头，后不见尾，形成一条弯弯曲曲的黑色长带。粗略估计，一支庞大的蚂蚁搬迁队伍，数量至少在数百万只、数千万只甚至更多。

蚂蚁搬家时多在阴天进行。老人们看到蚂蚁搬家时，都会说，要下大雨了。不过，蚂蚁搬家后具体在什么时间段下大雨，就不得而知了。还有一种说法认为，蚂蚁其实是在阴天或夜晚搬家的，这样可以防止阳光对蚁卵造成伤害，蚂蚁在晚上搬家时人们不容易发现，但在白天的阴天搬家时容易被人看到。但这两种说法均没有定论。不过，蚂蚁怕水，倒是不争的事实。因为怕水，人们就把蚂蚁搬家与下雨联系到了一起。

每当看到蚂蚁搬家的场面，我就会琢磨几个问题：在这个数量庞大的群体里，谁能做到振臂一呼，应者云集？又是谁发号施令定在具体的某一天搬家，而不是另一天？谁又提前勘察了即将搬入的新址，并得到了大家的认可？它们之间是通过声音、气味还是肢体，在进行信息的传递？在搬家的准备过程中，数量众多的蚂蚁又是怎么具体分工的，谁主持了分工会议？

四

除了集体搬迁外，蚂蚁的另一个明显特征就是合力搬运食物。

如果一只蚂蚁发现一具体形大于自己的昆虫尸体，或几粒煮熟的大米，或几块饼干屑或面包屑，一会儿的工夫，它就会跑回去叫来一群蚂蚁。"蚂蚁搬救兵"的说法，就是这么来的。

在合力搬运食物时，它们配合得非常默契，有在前面拉的，有在后面推的，虽然行动比较迟缓，中途还有可能走弯路，但经过坚持不懈的努力，食物最终还是被运到了蚁穴内。如果一只蚂蚁能自己搬动食物时，便会自己动手，虽然过程同样比较费劲，但最终会完成任务。

从搬运食物这件事情看，蚂蚁身上的几个优点是非常明显的。一是无私。虽然是自己发现的食物，却没有像一些人那样独享或独吞，甚至都没有停下来吃一口，而是急急忙忙找其他蚂蚁去了。这种无私的状态，已经达到了一种境界，一种很高的境界。二是团队合作精神。蚂蚁深知 1+1>2 的道理，所以将团队合作发挥到了极致。这是一种非常可贵的精神。不像人，一个人独处时基本没有什么事情，因为和自己过不去的人毕竟不多；两个人相处时，如果能相安无事，那也得"两好搁一好"，如果是两个比较强势或容忍度小的人，用不了多久，就会闹变扭；三个人相处时，风平浪静的可能性就更小了，打成一锅粥的几率倒是大大的；人数再多时，就会出现团团伙伙与帮派了。"一盘散沙"这个词，基本是为人量身定制的，无论如何都安不到蚂蚁的头上。

五

因蚂蚁与人走得太近，一些与蚂蚁有关的语句或典故也比较多，如"蚍蜉撼树，自不量力""千里之堤，溃于蚁穴"，再如"南柯一梦"。

对于"南柯一梦"这个故事，给我印象最深的是它的结尾处，因为它涉及到了蚂蚁。当故事的主人公淳于棼把梦境告诉众人时，一帮人在大槐树下居然挖出了一个很大的蚂蚁洞，再往里，另有小蚁穴一个，与梦中的"南柯郡""槐安国"一一吻合。虽然故事是想告诉人们荣华富贵不过是过眼云烟，但我学习这个故事时还处在学生时代，根本不知道什么是荣华富贵，唯独记住了蚂蚁洞。

关于"蚍蜉撼树"这个成语，我也有自己的一点想法。这个成语源于韩愈（唐）的《调张籍》一诗，其中两句为"蚍蜉撼大树，可笑不自量"。"蚍蜉撼树"也便成了自不量力的代名词。虽然从结果后，蚍蜉是不可能撼动大树的，谁见过一只蚂蚁能把一棵树摇晃动？别说是一只蚂蚁了，就是一群蚂蚁也不好使。但从另一个角度看，蚍蜉敢去撼树，本身就精神可嘉，就如螳螂当车一样可歌可泣。当年愚公移山时，也被人们当成了一个笑话，但没想到人家子子孙孙居然一代接着一代地干开了，而且没有停歇的意思,这就厉害了。毛主席说"世上无难事,只要肯登攀",认定的事,只要方向没有错,离成功还会远吗?

有时候,我们真还需要向蚂蚁学习。

蜘蛛

一

之前我一直以为蜘蛛属于昆虫,后来才知道,人家还真不是昆虫。昆虫有三个特征:头、胸、腹三段,两对翅膀,六条腿。这些特征蜘蛛都不具备。蜘蛛身体分为头胸部和腹部两个部分,没有翅膀,八条腿。这就如西红柿,我一直以为它属于水果,结果人家偏偏属于蔬菜。

有时候,认为的事物与真实的事物,还真不是一回事。

二

蜘蛛在外形上的显著特征,当属它那个硕大的基本上呈圆形的腹部,其圆滚滚的形状,宛如中年油腻男那颗鼓囊囊的肚子。

小时候,在院子门楼东侧的墙角处,结着一张大大的蜘蛛网,上面有只蜘蛛不知从什么时候就突然长大了，大到有核桃那么大，而之前却没有半点征兆。这有点像"十年寒窗无人问，一旦成名天下之"的效果。每当晚上看到它悬挂在蜘蛛网上时，我就想起了《西游记》里的蜘蛛精，生怕哪一天它也成了精。我觉得成精的前提一定是年龄较大，而体形较大一定是年龄较大的佐证。在每一个风雨交加的夜晚，当有"轰隆隆"的雷声从屋顶划过时，我就怀疑是不是门楼旁的那只蜘蛛被雷劈死了。第二天跑过去观察时，它却依旧悬挂在那里，毫发无损。

我便怀疑雷公也有疏忽的时候，便决定替他履行部分职责——趁蜘蛛还未成精前将其杀死，以免其成精后祸害人间。

主意打定后，我在院子里收罗了几块小石头，朝着蜘蛛发起了攻击。在连续多次投射后，其中的一块石头终于击中了蜘蛛网，整个完整的网面出现了一个大洞，蜘蛛仓皇向网边逃去。受击穿蜘蛛网的鼓舞，我信心倍增地又发起了新一轮的攻击。果然工夫不负有心人，一块石头直接击中了蜘蛛的腹部，一团浓稠的乳白色液体顺势流了出来。蜘蛛随即掉在了地上，卷曲成一团，瞬间便变小了。看着这具即将死去的躯体，我又有点懊悔，这哪像一只成精前蜘蛛的状态？如果真的快要成精，即便不能化做人形，那也不能被一块石头就打死，至少也得符咒压身，三昧真火烧烤，再经过一番激烈的打斗，才能一命呜呼。现在就这样轻而易举地死去了，快得超出了我的想像。

再后来，我专门查阅了一些关于蜘蛛的资料，发现蜘蛛的寿命也就是二三年，最长的捕鸟蛛可以达到二三十年。而按照传说惯例，一个动物要想修行成功，没有个几百年甚至几千年，是根本修不成正果的。如此一推算，《西游记》里关于蜘蛛精的叙述纯属虚构。不过话又说回来了，哪一部神魔小说又不是虚构的呢？虽然属于虚构，却硬生生将那个尚处于似懂非懂年纪的我误导了一番，而误导的后果就是让一只本可以安享晚年的蜘蛛提前死于非命，我也背负了一条杀死小动物的罪状。

看来,"开卷有益"未必是完全正确的,有时候,在"开卷"之前还需要慎重甄别一番。

三

蜘蛛大都喜欢在角落里结网。那张一个圆圈环绕着另一个圆圈、紧密而又精致的网,让人很难想像这居然出自这么一位外形丑陋的家伙之手。

人不可貌相,动物也一样。

蜘蛛网的功能比较丰富,不但可以用来捕获猎物,还可以用来休息,即便什么都不干,悬挂在那里也是一件非常不错的艺术品,可以用于展览。

鉴于蜘蛛网这些强大的功能,在那张大致呈圆形的网上,时常会看到这样的场景:一只蜘蛛躺在网中央,网的其他部位粘着一些诸如飞蛾、苍蝇、蚊子、蜜蜂的小昆虫,有的在挣扎,有的已经死去了。当然,也有一些枯草会随风误入网中。

蜘蛛结起网来非常执着。在一个人走动频率较低的地方,如果发现有蜘蛛吐了一根丝准备织网时,为了不影响行走,会把这根丝挑开。但在第二天,一根新的丝又出现在了原地。当再次把这根丝挑开时,次日,一根新丝又出现了。当第三次把丝挑开时,便再没有新丝了。

事不过三,看来是有道理的。

构成蜘蛛网的丝,质地非常特殊,不但黏性好,弹性强,直径还细,极具技术含量。如果走路时不小心将一根蜘蛛丝粘到脸上或胳膊上,去掉时就比较麻烦了,要么看不清楚它具体粘在了哪里,要么虽然看清楚了它在哪里,却丝丝冉冉,扯也扯不下,拽也拽不断。

四

除了织网水平，蜘蛛还具有另一个高超的技能——高空下坠。

在屋顶，经常会看到一只蜘蛛垂直悬挂在半空中，而连接它与屋顶的，依旧是一根细到用肉眼不易觉察的丝。从这一极具杂技特色的动作看，基本可以分析出四个方面的问题来。一是蜘蛛在下坠时吐丝及时。倘若时机把握不当，身子已经开始下坠了，丝还没有吐出来，等丝吐出来时，身子早已摔在了地上，摔不死也得摔个残废。二是这根丝确实结实。如果不结实的话，悬在半空中的身子依旧会摔下来，这与跳楼没什么区别。一根细丝，居然能承受自身几十倍甚至几百倍的重量，这是一根怎样的丝啊？三是蜘蛛的平衡能力很强，小脑很发达。如果一个平衡能力差、小脑也不怎么发达的动物悬挂在半空，不头晕恶心呕吐就不错了，还能优哉游哉地自得其乐？四是蜘蛛没有心脑血管方面的疾病。如果将一个患有心脑血管疾病的人悬挂在半空中，用不了多久，身体就会出现异常。

除了高空下坠，蜘蛛还会高空上升呢。如果在半空中待得时间久了，或者是受到其他方面的干扰，蜘蛛会沿着这根细丝快速上升。在上升的时候，丝便随即跟着缩短。当蜘蛛重新回到屋顶时，那根丝也不见了。从这一点看，蜘蛛的臂力又是何等的惊人。试想，如果让一个人沿着半空中一根晃荡的绳子向上攀爬，能爬几米呢？于是另一个问题也来了，在蜘蛛上升的过程中，那根细丝哪去了？莫不是让它重新回收，吃到肚子里去了？

五

我常常想，动物的一些本领，如果人都学会的话，那是何等的厉害啊。譬如，像鸟一样飞翔，像鱼一样畅游，像猴子一样跳跃，像苍蝇一样垂直于屋顶行走。哪怕能像蜘蛛一样吐丝，那也是相当了不起了。学会吐丝后，降落伞便可以统统不用了，消防梯也可以统统不用了，有时事，吐一根丝，飘然而下。完事后，沿着丝又冉冉上升。这样一来，基本实现了低碳、环保、节俭、高效的目的。

但另一个问题也来了。人如果掌握了这些动物的全部本领，以其热衷于捕猎动物的过往劣迹，其他动物还能生存吗？

上帝打开了一扇窗，便会关闭一扇门，这就是平衡。让每一个物种都有一技之长，便有了生物链的有序运行。这就是自然界的生存法则。

不知名的鸟

一

在这片辽阔的土地上，当你漫步在田间、林地或山丘时，都会不经意间发现一只鸟两只鸟甚至一群鸟，它们或歇息，或行走，或飞翔，或吟唱，当你试图驻足观察时，它们却振翅一跃，警惕地飞走了。

这些不知名的鸟，就如在茫茫人海中，那些仅有一面之缘的人。如列车上低首含羞的少女，汽车上回眸一瞥的少妇，飞机上侃侃而谈的大叔……当到达终点时，彼此相视一笑，甚而视而不笑，就此转身，此生再不相见。

二

在树林中，经常会看到一种鸟，长的非常艳丽，但体形很小，比麻雀小两号。这种鸟叫什么名字，我一直不太清楚，只知道村庄里的人们管它们叫树鸟。

树鸟显然不是它们的名字，只是对它们的一个统称，意为"在树上活动的鸟"。树鸟喜欢在树枝间转来转去，一声不吭地玩着。树鸟在选择树枝时很有特点，它们既不选择最顶端的，也不选择最底端的，而是选择那些居中的。这样的选择不知是出于安全考虑，还是出于阴凉着想，结果却彰显了人类的中庸之道。当有人走到跟前时，树鸟便即刻飞离了这棵树，朝着另一棵树飞去了。树林是它们的乐园，无论怎么飞来飞去，它们也不会飞出这片乐园，最多只是更换一下园里的娱乐设施。

三

在驻村扶贫的厂区内，我经常会看到一只白色与灰黑色相间的鸟，蹦蹦跳跳地在草坪上寻觅着食物。我几次试图仔细观察一下它的容貌，但它警惕的很，没等走到身旁，便飞走了。但碰到的次数多了，还是大致看清了它的模样。它拥有与燕子相仿的身材，不同的是，它的脖子下面有一圈白色的羽毛，其实除了脖子下面，它的整个肚皮也全是白色的羽毛，在两肋处，两道白色的羽毛向上延伸着，一直到达了背部，而背部则被一层灰黑色的羽毛完全覆盖着。从整体上看，这种白灰色搭配显得很靓丽。

它虽然很怕人，而且一见到我走过来就飞起了。但飞走归飞走，它该来时还会照样来。所以，在不同的日子里，不同的时间段，我依旧会见到它。由于对鸟相貌的几近"脸盲"，对于同一种类的鸟，我始终分不清楚每个个体在长相上有什么差别。这就导致我无法分辨出每天在厂区见到的这只鸟是同一只鸟，还是同一种类中不同的鸟。

虽然我无法分辨出它是同一只鸟还是不同的鸟，但有一点是可以肯定的——这里没有它们的鸟窝，它们只是来这里觅食而已，算是一个行者。根据对鸟多年的了解，如果有鸟窝的地方，上空一定有鸟在盘旋，尤其鸟窝里有鸟蛋或是鸟蛋已经孵出小鸟时，更是如此。鸟在上空盘旋的目的很简单，就是监视鸟窝附近有无潜在的危险，如可能对鸟蛋或小鸟构成威胁的人、蛇或其他动物。鸟终究不如人聪明，越是停留在上空不走，越说明下面有情况，"此地无银三百两"的道理，鸟不懂，人却心知肚明。人若在地下埋了一罐子值钱的东西，诸如"袁大头"、黄金、白银，会远远地走开，绝不在四周徘徊，还要做出一副若无其事的样子来。鸟不懂这些深奥的道理，更不会运用"诱敌离窝"的战术，反而暴露了目标。

一日，厂区里突然出现了很多蝗虫，这只鸟也出现了。在它低头觅食的同时，不时将整个身子跳了起来，在半空中用喙啄着蝗虫。由于其注意力全在捕获猎物上，以致我走到跟前时，它都没有觉察。这给了我多看它一眼的机会。可没过多久，等它抬头突然发现我时，即刻飞向了房顶。

真小气，看都不让看。

四

除了这些相见频率较高的鸟外，一些只见过一面，最多见过两三面的鸟，更不在少数。鉴于相遇的次数较少，所以无法去详细描述它们的容貌与举止。很多时候，在遇见它们的一刹那会发出由衷的感叹与赞美之声。但一段时间后，这些画面就会被遗忘得一干二净，因为一些新的其他的画面又会挤入这有限的大脑内存中。

擦肩而过的小动物（上）

一

佛说："只有前世五百次的回眸，才能换来今生的擦肩而过。"

上面的这句话是现在被人们引用较多的一句话。

我觉得，佛应当没有说过这句话。

现在的很多话，本来是人说的，却偏偏要安在佛的头上，以期增加一点可信度和说服力，但这样一来，感觉佛没事就说话了，还尽说些心灵鸡汤。而且又感觉在佛在世的那个时候，心灵鸡汤就已经很盛行了。这样对佛不太公平，佛会觉得很委屈。这样对历史不太公平，有误导后来人的嫌疑。

但不管怎么说，与我擦肩而过的人或物还真不少，是不是在前世与我回眸了五百次，已并不重要。

这其中就包括一些动物。

二

那是一个夏季的夜晚。我从单位加班出来时，在玻璃大厅的外侧，一只浅绿色的螳螂赫然站在那里，头朝向大厅，像是在观看里面的风景。

这是我第一次见到螳螂，一时被其外貌所吸引，尤其是其标志性的一对前肢——两把"大刀"，那"刀"上还有一排坚硬的锯齿，其实这两把"刀"更像是两把可以折叠的锯子。螳螂的头也挺特别，形状像一个扇形，又像一个三角形，如果按三角形算的话，把蛇头向下折回九十度基本就是螳螂的头。

螳螂的警惕性很高，我蹲下来看它时，它便调整了一下身体的姿势，与我面对面地互相看着，我再换一个角度看它时，它又重新调整一下身体的姿势，继续保持着与我面对面的状态。我猜它不断调整身体的位置，显然不是为了欣赏我这副并不俊俏的尊容，而是为了保持一种对它有利的攻击姿势，以便随时挥舞它那两把大锯子进入战斗状态。

看着它面对我这个庞然大物不思逃跑反而要不惜一战的架势，我想起了"螳螂当车"。这个成语虽然是用来比喻自不量力的，但从另一个角度看，勇气可嘉。纵观螳螂的一些过往行为，它确实具备一个勇者的基本素质。我曾看过一些螳螂的视频，被其壮举深深折服。它敢和一只猫去搏斗，敢去捕获一条小蛇，敢去吃掉一只青蛙，敢和蝎子一战……

比起未等交手就夺路而逃的懦夫行为，螳螂终究是可敬的，尽管一些对手强大到一出手就会让它灰飞烟灭。

也正是鉴于螳螂这种敢打敢拼的性格，人们便模仿螳螂的打斗招式，发明了螳螂拳。一个善于逃跑的动物，人们是不会模仿其模样创立拳术的。比如，我们就不曾听说过有"蚰蜒拳"或是"土鳖虫拳"。

螳螂拳有多大的实战威力不得而知，我臆测，人的两只光秃秃的肉手肯定不及螳螂那双特制的"大刀"，准确地说，是那双可以折叠的"大锯子"威力强大。

在我们生产厂区内，经常有螳螂出没。一次，一只浅黄色的螳螂居然出现在了宿舍的楼道内。还有一次，一只颜色发灰有点接近枯叶的螳螂爬到了窗户的纱窗上。它们的出现，颠覆了我对螳螂已有的认知。以前，我一直觉得，螳螂都是绿色的。又有一次，两只螳螂长时间停留在晾晒在木耳上，没有离去的意思，莫非它们对菌类也感兴趣？

三

一日，在厂区宿舍的过道内，一只像蚂蚱而又比蚂蚱小几号的浅绿色昆虫停在墙脚处，抬着一个尖尖的脑袋在望着我，头上两根细长的触角伸向半空，像八十年代黑白电视机上的两根天线。其整个身子扁而长，脊梁处像是由两根马莲草拼接形成的拱形。我试图俯下身子仔细观察一下这只小家伙，它却几个跳跃蹦到了别处。

这厮叫什么名字，我一时竟认不出来。好在有网络存在。在大量查阅资料后发现，它叫中华蚱蜢。好家伙，相貌不怎么惊人，名字倒很响亮，居然还是"中"字头的，准确地说，还是"中华"字头的。

又一日，我刚走到厂区的一处草坪边，几只中华蚱蜢便跳了起来，向前蹦去。由于起跳的时间不一致，一只刚跳了起来，另一只就落了下去，此起彼伏，像是湖面上那些腾空而起的鱼儿。

看着这些蹦蹦跳跳的家伙，感觉很是有趣，不管人对它们有没有伤害的意图，一旦看到人，它们就逃走了，这一点和螳螂倒是有很大的区别，也许在它们看来，生命才是最宝贵的，不作无畏的牺牲才是上上之策。

每一个个体对生命的认知都各不相同，不能苛求统一。

四

　　一日，在驻村山间的一条道路上，一只形状像孔雀、羽毛非常华丽的大鸟突然出现在了山脚下，溜溜达达，像是在寻觅食物。其实，与其说它像一只大鸟，还不如说它更像一只家鸡。它的体形和家鸡很相似，只是稍微比家鸡苗条了一点。它有着一条细而长的尾巴，格外显眼，这条尾巴是家鸡的尾巴完全不能比拟的。

　　同行的一位同志介绍说这叫山鸡，又叫野鸡，并告诉我这是只公的，母的颜色没有这么艳丽，而且母的尾巴也没有这么长。

　　我以为他在忽悠我，便调侃道："感觉你见过母的似的？"他一副很认真的样子，"当然见过了，我们还吃过呢，山鸡的肉不好吃，可硬了。"

　　"你还能吃上山鸡肉了？"我有点怀疑。

　　"能呀，小时候我们经常套山鸡。"

　　"哦哦。"看来他不是忽悠。

　　一说到小时候，我基本就信了。小时候我还吃过野兔肉呢。在那个年代，人们对保护野生动物的意识淡泊的很，甚至以吃到野生动物为荣。因当时年纪尚小，不太清楚那个时候关于保护野生动物的相关法律有没有出台。但有一点是可以肯定的，当时人们在打猎和捕鸟时，似乎都是明目张胆地进行，没有丝毫遮掩的意思。

　　现在人们的法律意识已越来越强，很少有人会因为一点食欲去触犯法律，铤而走险。再加上近年来一些地方生态环境的不断改善，一些野生动物又重新回到了人们的视野。

　　也这是这些因素的共同作用，使我与山鸡居然发生了偶遇。

五

在熟食店或超市，人们会经常看到一种食品——鹌鹑蛋。

鹌鹑蛋就是鹌鹑下的蛋。

说起鹌鹑，人们对它的蛋——鹌鹑蛋，可能比对它本身更熟悉。人们鹌鹑蛋吃得多了，自然就对它熟悉了，至于蛋的主人长什么样，似乎就显得不那么重要了。

在山坡上，经常会看到出双入对的鹌鹑在活动。小时候，除了鹌鹑，在山上经常会看到一些其他的野生鸟类，如石鸡、雉鸡、毛腿沙鸡、画眉、百灵等。

鉴于人们上山时，一般都不会携带专门的打鸟工具——弹弓，所以当见到这些鸟时，也只能看看而已，追是追不上，打是打不住。即便真的携带了弹弓，也不会有收获的。当瞅见脚下有鸟时，对方早就"扑棱"一声飞走了，在将石子装入弹弓的皮兜准备发射时，对方早飞得没影了。除非手里一直拿着皮兜里装好石子的弹弓在前行，而且要一只手拿架子，另一只手拿皮兜，时刻保持着发射的警戒状态，只有这样，才能在第一时间做出发射的动作，但时间一长，这种姿势不把人累坏也累得够呛，关键是比划了半天，也许还遇不到一只鸟。有些鸟，不是你想遇到就能遇到的。

鹌鹑的整个羽毛色系不怎么鲜亮，所以一般不容易提早发现。当走到跟前时，没等你看到它，它早已看到你了，当你再向前一步走时，它"扑棱"一声就飞走了。所以，这么多年来，我从来没有捉到过一只鹌鹑。当然其他的诸如石鸡、雉鸡、毛腿沙鸡等，我也一只没有捉到过。

早些年是想捉而不会捉，现在是会捉而不想捉。

人有时候就是这样矛盾。此一时彼一时。

擦肩而过的小动物（下）

一

蜜蜂。

说到蜜蜂，人们就会想起那首脍炙人口的儿歌《两只小蜜蜂》，其中那句经典的台词"两只小蜜蜂啊，飞到花丛中啊……"更是耳熟能详。

蜜蜂以辛勤而著称，"嗡嗡"地在花丛中不停飞行着，以采集那微量的花蜜。据说，酿造一千克的蜂蜜，蜜蜂需要采集十千克的花蜜，而整个过程，需要往返飞行三十二万千米，相当于绕地球飞行八圈。这是何等的辛苦啊！细想来，我们在吃蜂蜜时，是不也应该悠着点？谁知盘中餐，粒粒皆辛苦。

这些采集花蜜的工作，都是由蜜蜂中的工峰来完成的。

蜜蜂是一个分工非常明确的群体，谁干什么，谁不干什么，非常清晰，这一点基本和蚂蚁一样。

蜜蜂中的蜂王应当属于地位最高者，主要任务是产卵。虽然它叫蜂王，但它属于雌蜂，这一点很像母系社会中的女性。"谁说女子不如男""女人能顶半边天""巾帼不让须眉"这些话，放在蜜蜂群体中，比较合适。

比起蜂王，雄蜂则悲壮的多。当雄蜂与蜂王交配后，便立即死去了。应了那句"牡丹花下死，做鬼也风流。"当然，雄蜂的死，是为了完成它应尽的社会责任——传宗接代、延续香火。这样一来，雄蜂与蜂王的交配就显得神圣了许多，显然不是"牡丹花下死，做鬼也风流"这个层次所能比肩的。人固有一死，或重于泰山，或轻于鸿毛。雄蜂属于前者。

二

黄蜂。

黄蜂学名"胡蜂"，又名"马蜂"或"蚂蜂"。一只昆虫竟然能整出这么多名字来，也是相当可以的。这就如家乡的"土豆"，学名"马铃薯"，又名"山药蛋"。土豆，在家乡就相当可以的，其基本占据着蔬菜界的第一把金交椅。黄蜂也不简单，谁要是看见它不躲、不跑，那是纯爷们！

黄蜂与蜜蜂外形很相似，但比蜜蜂大了好几号，身体呈黑、黄相间色，翅膀为棕色。尾部有螫针，可分泌毒液。

小时候，我们管黄蜂叫"大喇蜜"，这称呼的大概意思是指黄蜂飞行的声音很大，像一个大喇叭。鉴于其可怕的螫针，当我们老远就听到那轰鸣般的嗡嗡声时，就知道是黄蜂来了，于是赶紧抱头逃窜。如果不小心被它扎一下，被扎的部位至少要红肿疼痛很长时间。

黄蜂最知名的，还属它的窝——马蜂窝。与马蜂窝相关的一个词，叫"捅马蜂窝"。谁如果敢"捅马蜂窝"，要么是胆子大，要么是闲的没事干，要么就是智商多少欠缺点，要么就是一不小心运气背了点儿。

三

山叫驴。

山叫驴外形和蝗虫很像，但个头比蝗虫大了许多。身体呈灰黑色，头上顶着两根细长的触角。腹部肥硕，像一个缩小版的南瓜。尾部有一根细长的"尾巴"，据说这是输卵管。

山叫驴身体光滑，最好捉的位置就是它的"尾巴"，所以，小时候我们会经常误将它的输卵管当作尾巴拎了起来。现在想想，这样做是很危险的，一旦把人家的输卵管拽出个三长两短而影响了生育，那就罪孽深重了。

山叫驴会发出"吱吱"的尖叫声，传得很远，不知它这名字中最后的两个字"叫驴"，是否与这叫声有关。毛驴是以"驴鸣"而著称的，在名字中敢带"驴"字的，想必也是因"声"而起。

山叫驴给人的整体感觉很笨拙。它虽然长的像蝗虫，却不会飞翔。它的名字里虽然带了一个"驴"字，却不会像毛驴一样尥蹶子。所以，在野外，经常会发现山叫驴的尸体。在这个优胜劣汰、弱肉强食的社会，像山叫驴这种毫无一技之长的物种，在面对捕猎者时，只能束手就擒，早早结束生命。

四

天牛。

在柳树上经常会看到一种身体为黑色、上面点缀着几个白点的昆虫。鉴于其黑白相间的色调，格外引人注目。而最吸引人的地方，是其头上那一对细而长的触角。触角很长，长到像京剧演员中头上戴着的那两根雉鸡翎。天牛一生基本在树上活动，所以对树木的正常生长发育有一定的影响。

天牛这个名字听起来很霸气。但凡名字里带"天"字头的，似乎都很霸气，如"天龙""天马""天狗""天鸡""天狼"……

据说天牛因其力大如牛，又善于在空中飞翔，因而得天牛之名。但天牛在空中飞翔的画面，我没有亲眼见过，天牛有多大的力气，我也没有见证过。我见到的场面尽是天牛在树根下爬行，像是被霜打了的茄子，非常蔫，有种垂死的感觉。比这更惨烈的画面是，很多天牛爬到了人行道上，被过往的行人一不小心踩成了扁形，五脏六腑也被挤出了体外。

苏轼曾专门写过一首关于天牛的诗——"两角徒自长，空飞不服箱。为牛竟何事，利吻穴枯桑。"能让这么大的一位文豪专门为自己写一首诗，也值得了，不管这诗是歌颂也好，讽刺也罢。想想，在数量众多的昆虫中，又有几只能让一位文豪"为你写诗"？

五

毛毛虫。

在杨树上经常会看到一些长约四厘米左右、浑身长毛的黑色虫子在蠕动爬行。我们管这种虫子叫毛毛虫。

毛毛虫小的时候身体颜色呈黑灰色，身上的毛短而稀疏，等长大后，身体也粗壮了起来，毛黑而浓密。与身子相比，其头部尖而小。

毛毛虫虽然在树上长大，但长大后就不安于现状了。世界这么大，它想去看看。在夏秋季节，当人们在树底下或院子里乘凉时，一条毛毛虫会不知不觉爬到身上来，悄无声息，着实吓人一跳。用手捏住其毛试图把它拽下时，它会用那柔软的爪子死死扣住衣服而不松动，一副挣扎反抗的样子，感觉这衣服本该是它的活动场所似的。

　　离开大树的毛毛虫，足迹就比较广了。院子里、墙根下、草坪中，甚至人们居住的屋子里，都会留下它们行走的身影。当它们看到人时，会加速爬行，一副仓皇逃跑的样子。有些小动物非常奇怪，一看到人就要逃跑，不管人有没有伤害它们的意图。这种警惕性极高的防范意识，不知是与生俱来的，还是后天它们的父母教育的。在这方面，确实值得人类去思考——动物为什么会怕人？现在一些未成年、女大学生动辄就被人拐走并遇害的消息不时见诸报端，生命的教训却依旧引不起后继者的足够重视，所以相同的事件还在不断上演，区别仅在于换了主人公。有人一到天黑后就不敢出门，问其原因说是怕鬼，听后觉得非常好笑。比起那些虚无缥缈传说中的鬼，人才是最可怕的。这一点更需要向毛毛虫学习。

点头之交的小动物（上）

一

在我们生活的周围，一直存在着很多小动物，它们离我们很近，只不过因种种原因没有像狗、牛、羊一样与我们深交，在关系定位上，姑且称它们为点头之交。

二

蝙蝠。

蝙蝠一般在白天休息，夜晚出来活动，准确地说，是在傍晚时分出来活动。

小时候，村庄中央的供销社是小朋友玩耍的据点，其高大且修长的建筑，长出一截的门檐，都是遮风挡雨的不二"物"选。天黑后即用铁棍闩好的木板护窗，又是我们练习腿脚和投掷飞镖的最佳"标的物"。每当听到"噼噼啪啪"的响动后，住在供销社里屋的售货员都会咆哮着跑出来，试图呵斥并阻止我们的行为。当他们出来时，我们早已跑得无影无踪。他们一进屋，我们又从各个角落里迅速会合，继续折腾着这个高大且修长的建筑，以及建筑上附带着的鸡零狗碎。游击战，这种伟大的战术，曾被我们运用得炉火纯青。

村庄里年龄相仿的小朋友如果都出来的话，有十几个之多，大家一旦玩起来，便没有了回家的意思，父母不将名字喊到三遍以上是不会离开的。所以回家的时候，基本都是日落西山，月上柳梢。

在供销社的墙壁处住着一窝蝙蝠，一到傍晚时分，也就是天似亮已黑、似黑还亮的时候，几只蝙蝠便会滑翔着从人们的头顶飞过。最早有黑影掠过时，并没有引起人们太多的注意，以为是燕子还没有归巢。过了一会儿，发现它们还在不停地飞翔，根本没有归巢的意思，细一看，是蝙蝠。

一看是蝙蝠，小朋友们便兴奋了起来，一个个跃跃欲试，试图活捉一只。期间不知是谁说了一句："我大（da，阴平，西部方言，父亲的意思）说了，把鞋子扔到半空中，蝙蝠就会自己钻到鞋子里面。"小朋友们便迅速脱下各自的鞋子，抛向半空，边抛边嚷嚷："是了，我大也说过，把鞋子扔到半空，蝙蝠就会自己钻进来的。"遗憾的是，没有一只蝙蝠有主动入鞋的意思。莫非这些小朋友的大都说错了？

有一次，我与蝙蝠差点来了个亲密接触。

那是一个夏季的晚上，我一个人沿着单位院内的柏油路在跑步，当经过高大的白桦树下时，一只蝙蝠突然从树上飞翔而下，朝着我的脸部便扑了过来。我正聚精会神地跑着，根本没有防备会有高空坠物，被这一幕硬生生吓了一跳。当时只见一团黑色的物体扑面而来，以为从树上掉下一团蛇来，我本能地侧了一下头，那厮贴着我的脸颊瞬间便飞过去了。我稍微缓过神来，才发现是一只蝙蝠。它为什么要冲着我撞过来呢？我一直没有想明白。

三

黄鼠。

小时候，到门前的小河边嬉水或到村庄前后的两座大山爬山，成了我们重要的游玩去处。

经常往山上跑，便会和生活在山里的一些小动物发生交集，碰面是避免不了的事情。

这碰面的对象中，就有黄鼠。

第一次见到黄鼠时，以为是老鼠。再一细看，二者长得不一样。黄鼠毛色为淡黄色，而且个头比老鼠大。给我留下深刻印象的是，黄鼠见到人时居然会直立起身子观察，不像老鼠一见到人撒腿就跑。黄鼠似乎没有太害怕的意思，只是保持了足够的警惕。

当我们快步向黄鼠走去时，它便迅速钻进了洞穴。本以为它钻进洞穴后短时间内是不会出来的，未曾想，它居然从不远处的另一个洞穴口伸出了头，依旧直立着身子注视着我们。当我们再次向它走去时，它又瞬间钻了进去，再次出现在了不远处的另一洞穴口，直立着身子望着。这厮显然是在逗我们，这不是在玩儿捉迷藏的游戏吗？可能它久居深山，已经很长时间没见到人了，突然来了一拨客人，觉得很兴奋。另一个问题又来了，这厮到底有多少个洞穴？人们说狡兔三窟，如果和黄鼠比起来，那还不是小巫见大巫吗？

有一次，几个成年人往村庄北面的一处黄鼠洞穴里灌水，我们几个小朋友在旁边围观，这种阵势还是头一次见，甚是激动。为防止黄鼠从其他洞穴口逃走，他们事先用石头把那些洞穴口全部封死了，只留了一个口子，用来灌水。因洞穴较深，洞口较多，里面纵横交错，非一桶水可以解决问题，于是他们不辞辛苦地一共挑了好几扁担水。一桶两桶三四桶，五桶六桶七八桶，随着水的大量涌入，里面的黄鼠受不了了，在死撑了好一段时间后，一个个依次爬出了洞穴，等待它们的是一双双大手。当看到它们爬出洞穴时已奄奄一息的状态，我才知道，黄鼠原来怕水。在浇灌现场，我问这些成年人为什么要灌黄鼠，他们说烤黄鼠肉可好吃了。为了自己的食欲，而不是为了填饱肚皮，去杀戮别的动物，只有人能做得出来。

四

松鼠。

蓬松而修长的尾巴，是松鼠的标志性装饰。

据说这根长相特殊的尾巴具有很多功能，如平衡、遮阳、取暖等等。这只尾巴上的毛，还可以用来制作毛笔。

我与松鼠有过五到六次的交集。见面大都是在有树的山上，或是有树的公园里。松鼠比较胆小，每次见到我时，都会加速跑开，尽管它们不是同一只松鼠，尽管我比较喜欢它们。

还有一次见到松鼠，是在一个农家乐院内的水缸里。缸里有半缸水，松鼠漂浮在水面上，已经死去了。显然是被淹死的。有人说松鼠会游泳，会游泳怎么会淹死呢？我想了半天，终于想出了答案，体力不支。

松鼠虽然也带个"鼠"字，与老鼠也只有一字之差，二者的待遇却是天壤之别。人们见到松鼠时都会流露出一副欣喜的神色来，巴不得将其捉住，最次也得迅速拿出相机拍几张照片，如果能拍到它用两只前爪捧着食物吃的呆萌场景，那就更好了。而老鼠如果遇见了人，能够活着逃走已经很不错了。"老鼠过街人人喊打"可不是说着玩儿的。

五

刺猬。

在我见到刺猬之前,一直以为它是一团缩在一起的植物,像一束沙蓬草,无头无脸无嘴。直到近距离观察它之后,才知道它居然是一只动物。我上初中时,首次见到了刺猬。

那是我读初一时的一个晚上,人们刚从教室里回来,有人拎着一只刺猬跑进了宿舍,说是从前面的院子里找到的。那是一只黑色皮肤上长满了白刺的刺猬,整个身子卷成了一个球状,像是一只皮球上安了很多刺。我好奇地摸了摸它身上的刺,硬而锋利。看来"狗吃刺猬——无处下口"这句话是非常正确的。过了很长一段时间,它才慢慢将自己舒展开来,我们这才荣幸地看到了它的眼睛、鼻子、耳朵和爪子。

据说,面对自己的天敌狐狸,刺猬这套缩成一团的办法也不是百分之百有效。狐狸会将刺猬抛向半空,在其下落的过程中身体会自然舒展,狐狸便会乘机将其吃掉。当然,这么充满智慧的捕杀场面,我是没有见过的。

点头之交的小动物（中）

一

戴胜。

在村庄的西头，有一片小树林，树林里住着一窝戴胜。村庄里的人从来不叫它们戴胜，只称它们为臭姑鸪。以致多年以来，我都不知道它还有一个比较文雅的官名。也正是因为这个臭姑鸪的名称，使我误以为它身上一直带股臭气，不可近闻也。后来才知道，它们在孵卵的时候会分泌出了一种发臭的体液，据说是为了保护自己的孩子不受其他动物的伤害。这么一说，人家是阶段性有目的地释放出了一种保护味。

戴胜的长相很奇特，只要看上一眼，就不会轻易忘记。它的头顶上长着一个呈扇形的羽冠，羽冠整体呈棕黄色，冠尖为黑色。它的整个头部、颈部、肩部一直到翅膀前端均为棕黄色，翅膀以下部分为黑白相间色。它的嘴也很有特色，是一根细而长的喙。

戴胜叫起来的声音和布谷鸟有点相似，但二者还是有区别的。戴胜叫的时候，基本以三个音节为一个节奏——"咕咕咕""咕咕咕""咕咕咕"，布谷鸟叫的时候基本是以两个音节为一个节奏——"咯咕""咯咕"。与它们叫声相近的，还有鸽子。但从清晰度而言，鸽子发出的声音比较模糊，像是一个过渡音节，戴胜与布谷鸟发出来的声音一声就是一声。套用一下当前使用频率较高的说法，就是戴胜与布谷鸟的普遍话说得挺标准，鸽子方言味有点重。

戴胜虽然在我们村庄没有引起人们太多的关注，但翻开历史，它却是很知名的一种鸟。中国古代将谷雨分为三候："一候萍始生；二候鸣鸠拂其羽；三候戴胜降于桑。"这第三候说的就是桑树上开始见到戴胜。在众多鸟中，能进入二十四节气的，又有几个呢？

在以色列，戴胜是这个国家的国鸟。在众多的鸟中，能成为国鸟的，又有几个呢？

中国古代也有许多关于戴胜的诗。如，张何（唐）的"季春三月里，戴胜下桑来"，王建（唐）的"戴胜谁与尔为名，木中作窠墙上鸣"，韩维（宋）的"戴胜催耕当是月，杜鹃遗恨岂今生"……

通过这些资料的佐证，我对戴胜有点刮目相看了——人家可是大有来头的鸟啊！

生活就这样和它开了一个不小的玩笑。戴胜不论在中国的古代，还是在异国他乡，都拥有响当当的名气和声誉。但在我们村庄，其地位和受欢迎程度却远不如燕子和喜鹊，这莫非就是传说中的"有眼不识金镶玉"吗？

看来，这是一只正确的鸟，待在了一个错误的地方。

二

啄木鸟。

在林间，经常会看见一只鸟牢牢地吸附在树干上，一只修长的喙在不停地啄着树皮和树瓤。这就是啄木鸟。

我对啄木鸟的站姿很是佩服，别的鸟是蹲在树枝上，它则是平行于树干上，掉不下来。小时候，我们几个小朋友没事就往树上爬，爬树、上墙、上房似乎是我们挑战自我的必备选项。爬树时，需手脚并用，两腿如蛇状将树干紧紧缠绕，两手用力抓住树干交替着一截一截向上挪动，只有在这个时候才觉得自己确实是个有"分量"的人。当爬上树梢时，早已大汗淋漓，气喘如牛。有句话叫"男人靠得住，猪都能上树"，试图说明这是两件比较困难的事。这两件事中，前者有多困难，不便阐述，因为我也是男人，自家人不说自家人的坏话；后者应当确实是困难的，我与猪打了这么多年交道，未曾见过它们上树一次，其难度之大可想而知。关键我也身体力行地多次上过树，深知不易。啄木鸟却能平行于树干上不掉落，仅此一条，就让我佩服得五体投地。

啄木鸟的另一个特点就是那张坚硬的喙。别的鸟虽然也都长着喙，也都捉虫子，但基本是在地面上、田间里、半空中，啄木鸟则不然，直接朝坚硬的树干开炮。树干不是硬吗，但硬是被啄木鸟将树皮啄掉，将树干啄出了洞，谁硬？据资料显示，啄木鸟每天啄击树木约五百至六百次，每啄一次的速度达到每秒五百五十五厘米，而头部摇动的速度更快，达到每秒五百八十厘米。我曾一直担心啄木鸟这样高频率地使用自己的喙，会不会将喙废掉，但从结果看，这种担心是多余的，人家的喙不但完好无损，还越啄越勇。我也曾担心啄木鸟这样拼命地用喙啄树干，会不会引发脑震荡，但专家给出了答案，说啄木鸟的大脑结构与众不同，使劲啄也无伤大脑。听专家的，应当没错。但反过来想，如果真有事的话，啄木鸟也不会繁衍昌盛到今天了。

没个三下两下，能称得上"森林的医生"吗？

三

石鸡。

见到石鸡时，一般都是在岩石坡或山脚处，而且不是一只，是一群。

每次见到石鸡，都会被它们吓一跳，无一例外。

因其灰溜溜的和岩石基本一个色调的羽毛，即便走到眼前都不太容易识辨，所以，当你正行走间，"扑棱""扑棱"几声响，一群石鸡会突然从脚下飞起，或者突然从脚下快速朝前跑去。其一惊一乍的动作，刺激着你原本舒缓的神经。

石鸡的生活习性很有意思，在空旷的原野上基本看不到，在茂密的森林里也基本看不到，只有在石头多的地方，尤其是有岩石的山丘上，才可以看到，而且一般是在半山腰，太高的地方人家也可能不爱去。这种不高不低的位置，也符合人类的中庸之道。

小时候，一个小朋友和我们说他父亲逮住一只石鸡，肉很好吃，他们刚吃过。这一点我是相信的，虽然我没有吃过。即便没有吃过，也能想得到。一个经常在野外活动的动物，脂肪肯定少，瘦肉肯定多，吃起来肯定香，这基本是普遍规律。就像一只家兔，其身上的肉，永远无法和一只野兔身上的肉媲美。人走的每一步路都算数，动物走的每一步路也都算数。

石鸡的蛋我见过，也是一个小朋友的父亲找到的，这位小朋友曾拿出来给我们进行过一番展示，并让我们的小手逐个抚摸了一下这只小巧而可爱的蛋——就是一只普通的鸟蛋，比鸡蛋小，比麻雀蛋大。动物蛋的大小基本和自己的体形成正比，体形大蛋也大，体形小蛋也小。

据资料显示，石鸡是巴基斯坦的国鸟。看到这个消息，我又兴奋了一下。在我们一个小小的村庄，居然居住着这么多国家的国鸟！

而这些重量级的国鸟，之前我们竟浑然不知，关键还压根儿就没有多看它们几眼。有眼不识泰山！

这个世界并不缺少龙与虎，而是缺少发现藏龙卧虎的眼睛。

点头之交的小动物（下）

一

蚯蚓。

蚯蚓又被称为地龙。能够称为"龙"的，在动物界好像并不多，甚至屈指可数，如被称为"小龙"的蛇，被称为"天龙"的蜈蚣。

蚯蚓喜欢在潮湿的土壤里生活，所以在翻地或挖土时，经常会将蚯蚓暴露在外。

小时候，在村庄见到的蚯蚓体形都比较小，属于细长型，直径不及中性笔笔芯。等到了城里，大雨过后，一些蚯蚓便会爬了出来，从柏油路的一侧向另一侧穿行。城里的蚯蚓硕大无比，长约二十多厘米，粗与筷子相仿，感觉与村庄见到的蚯蚓是两个品种。从体形上看，一个像是贫民窟中食不果腹的"排骨男"，另一个像是富人区里肥头大耳的阔佬。

蚯蚓在横穿路面时，很多会死于非命。一辆疾驰而过的汽车会将其碾压得粉身碎骨，尽管它没有骨。考虑到蚯蚓能长到这么大也不容易，看到它们在路面爬行时，我都会就近找一根树枝或细木棍将其挑到对面的草坪中。

蚯蚓怕阳光暴晒。在中午下班回家时，经常会发现一些蚯蚓躺在地上一动不动，身体无碾压的痕迹，却是一副被晒干瘪的样子，显然它是被太阳晒死了。

二

蚰蜒。

蚰蜒，又叫钱串子，呈棕黄色，和蜈蚣长的很相似，但比蜈蚣小了许多。蚰蜒身体两侧排列着的那些密密麻麻的脚，看后都能让人起一身鸡皮疙瘩。女人和小孩看到蚰蜒后，大都会惊叫一声，止步不前，可见其这副尊容是多么的影响市容。

蚰蜒喜欢在潮湿的环境中生存。在地下室、浴室、卫生间、墙角、石头下面，都可以发现蚰蜒。蚰蜒大都在晚上出来活动，所以当灯光一亮，蚰蜒便会慌慌张张沿着墙壁乱窜。

蚰蜒虽然外表丑陋，经常让人吓一跳，但它的胆子十分小，一见到人就落荒而逃了。蚰蜒与人，属于典型的互相吓唬对方型。一次，当我们将生产厂区内排水管道上面的一块地板掀起来时，两大一小三只蚰蜒正弯曲着躺着那里。显然这是一家三口。三只蚰蜒被这突如其来的动静吓了一跳，几乎是同时做出了反应，将弯曲的身子瞬间都伸直了，准备逃跑。但为时已晚，站在我身旁的Q先生以迅雷不及掩耳的速度将一只大脚严严实实地踩在了它们的身上。可怜的一家三口，顷刻间灰飞烟灭了。

在这个看脸的年代，长得丑不但不招人喜欢，有时候还会付出生命的代价。

三

土鳖虫。

土鳖虫呈卵圆形，两头尖中间大，背部为灰黑色。在老家，土鳖虫被称作鞋板虫。我分析，之所以称其为鞋板虫，可能是从其形状上说的，其扁而长的体形，确实像一只鞋。

土鳖虫喜欢生活在阴湿的地方，如石头、砖头、土块、花盆、柴堆、杂物等下面。有时候，挪动一下这些东西，下面就会发现一窝土鳖虫，而且数量众多。

土鳖虫多在晚上出来活动，遇到灯光时，会突然紧张逃窜。这一点和蚰蜒倒是很相似。

土鳖虫虽然看上去挺膈应，却有着独特的医用功效。如果细心观察的话，会发现，很多用于治疗跌打损伤、筋伤骨折的药物中，几乎都有一位成分——土鳖虫。在老家，据说如果小孩子睡觉时经常咬牙，捉一只土鳖虫放在其嘴里，以后就不咬牙了。这种方法到底管不管用，究竟有没有人尝试过，就不得而知了。估计没有人愿意捉一只土鳖虫放到自动孩子的嘴中，毕竟都是亲生的。

到饭店吃饭时，人们经常会说一句话——眼不见为干净，因为看完饭店的厨房后，还愿意到饭店吃饭的人恐怕就不多了。这就如土鳖虫。如果有人筋骨受伤，说要给他吃一只土鳖虫，他肯定不怎么乐意。如果给他吃一种药，告诉他里面的成分中有土鳖虫，他大都不会太反对。这就是眼不见为干净的道理。

人们常说人不可貌相，其实推而广之，动物同样不可貌相，就如这土鳖虫。如果不去深入研究，谁会想到就是这样一种长相挺反胃的小物

203

种，居然会有着这样的功效？

四

蚂蚱。

蚂蚱是蝗虫的俗称，以绿色或褐色居多。其大大的脑袋上，有一对长长的触角，一双圆滚滚的眼睛分布在头部的两侧。三对腿中，尤以后腿遒劲有力，其强大的弹跳能力就是通过这对后腿来完成的。蚂蚱身上还有一双翅膀，必要时便振翅飞走了。

蚂蚱平时喜欢待在有草的地方，如草坪处或山丘上。当人们在这些地方行走时，脚下会突然蹦起一只蚂蚱来，有一尺多高，紧接着三蹦两蹦就不见了。如果想追逐着把它捉住，它便"刺啦"一声飞向了半空，一会儿的工夫就无影无踪了。

气候干旱时，蚂蚱就会突然多了起来。在蚂蚱最多的时候，脚步所过之处，蚂蚱此起彼伏，并伴随着一片"刺啦"声。蚂蚱形成规模时，会成群结队地移动，当它们到达田间时，会对农作物构成危害，导致产量直接下降。有一年，村庄干旱，蚂蚱大量寄宿在田地里，我背着一个大大的药壶，沿着麦垄喷洒农药，所过之处，农药立即起效，大量的蚂蚱死于非命，尸体点缀着整个麦田。

五

七星瓢虫。

七星瓢虫的外表非常特殊，但凡见过一次的，都会立即记住它，很难再忘记。就像见过戴胜一次，不容易忘记一样。七星瓢虫的身体像半个圆球，头黑而尖，翅膀呈橘色。因其一对翅膀上分布着七个黑色的圆点,"七星瓢虫"因此而得名。

在老家,将七星瓢虫称为"送饭牛牛"。"牛牛"就是虫子的意思,如"看这个牛牛",就是"看这条虫子"的意思。为什么要给七星瓢虫起这么一个名字,就不得而知了。但据我了解,七星瓢虫是不会给人送饭的,它倒吃人一口饭还差不多。

小时候,在田间地头,经常会有七星瓢虫爬到身上来,如果把手伸到它前面,它就会沿着手指一直爬到手掌心。因从小接受着"七星瓢虫是益虫"的教育,所以见到七星瓢虫时,没有人去伤害它,这越发加剧了它在人身上随心所欲游走的频率。

七星瓢虫还有一项功能就是假死。假死时躺在地上一动不动,过上一会儿再爬起来。在动物界,很多动物都会假死,以躲避眼前的危险。其实这种假死的行为,有时候也未必会起效。如果一个人试图将一只小动物踩死,不假死时也许还有逃跑的机会,一假死,躺在那里一动不动,正好丧失了最佳的逃跑机会,被人一脚下去,踩个粉身碎骨。

六

蟑螂。

说到蟑螂,就不得不提到它顽强的繁殖能力。据说,一只雌蟑螂一年可繁殖近万只后代,最多时可达十万多只。在消灭蟑螂时,有人认为不应当用脚踩,理由是这样容易让卵鞘留下,里面的卵会继续存活,正确的消灭蟑螂方法是用火烧。这个确实有点狠,有斩草除根的意思。

蟑螂喜欢既温暖又潮湿食物多还有缝隙的地方,当这些条件都具备时,蟑螂基本就出现了。厨房基本是以上四个条件的集大成者,所以厨房也成了发现蟑螂最多的场所。

鉴于蟑螂的顽强生存能力,以至滋生了一个群体——走街串巷的卖蟑螂药小贩。这些人基本都有一个相似的配置，一只手推着一辆小车，车上挂着一个牌子，写着"特效蟑螂药"，另一只手里拿着一个竹板，边走边打，通过这种打击乐器发出的声音来刺激人们的听觉，进而吸引人们的视觉，以达到连锁反应的动人效果。

为了强调蟑螂药的功效，有小贩还别出心裁地另附了一句极具夸张的广告语——"蟑螂不死，我死！"这句话显然等于白说，没有人会因为蟑螂不死而去让小贩死掉的，而且这句话也基本违反了广告法中虚假宣传的相关规定。

无论人们怎么折腾，蟑螂终究是消灭不掉的，毕竟它们已经存活了数亿年，自有一套生存的本领。人们所能做到的，可能就是让它们离人远一点。

七

蜗牛。

蜗牛以慢而著称。

在动物界，人们比较熟悉的头顶着"慢"字标签的物种有两个，一个是蜗牛，另一个是乌龟。如果说在它们二者之间再进行一次比较，看看谁到底最慢，那肯定是蜗牛胜出。其实，蜗牛也不是最慢的动物，最慢的动物是海马，它的最高移动速度为每秒 0.04 厘米。因人们对海马不是特别熟悉，所以蜗牛与乌龟便成了"慢"的代名词。就如在《多情剑客无情剑》中，人们只知道李寻欢武功了得，却不知道胡不归才是绝顶的高手，绝顶到可以生擒李寻欢。

蜗牛的长相非常奇特，一个硕大的硬壳吸附在柔软的身体上，两对细长的触角顶在头上，前面一对较短，后面一对较长，在这对较长的触角上各长着一个大眼睛，像是插着两根棉签。

蜗牛的外壳有点像石螺、田螺、河螺和海螺，总之，蜗牛和"螺"字辈有点相似。我一直很纠结，当初为什么不给它起个"蜗螺"的名字？名字这东西，其实就是个代号，如果能叫得更合理或更接近事实，那就更好了，比如"蜗螺"。

蜗牛喜欢在阴暗潮湿土壤松软的腐殖土层中生活，如草坪里、松树下、花坛处。每当大雨过后，蜗牛都会爬出来，沿着一片叶子或一根草在缓慢爬行着。这说明它不怎么喜欢水，虽然它喜欢潮湿。水与潮湿，是两个概念。

蜗牛最怕阳光的照射，这一点和蚯蚓很相似。所以，我们经常会看到一只蜗牛死在一个四周没有遮挡物的地方，而身体依旧保持着爬行的姿势。

当蜗牛受到惊吓或攻击时，会把软溜溜的头和足缩进坚硬的外壳内，以图保护。这一点又有点像刺猬。两害相较取其轻。当遇到危险时，让身体最结实的那部分抵御一下攻击，也是没有办法中的办法。

没有深交的小动物

一

鹅。

说起鹅，人们会马上想起骆宾王（唐）的《咏鹅》诗，那脍炙人口的寥寥数语，几乎妇孺皆知——鹅鹅鹅，曲项向天歌。白毛浮绿水，红掌拨清波。

小时候，村庄里有一户人家养着鹅，见惯了鸡的我们，视这只鹅为珍奇之物，路过他们家的大门口时，都要伸长脖子朝里望几眼，看看那只鹅在干什么。

我见过的鹅中，以白色居多。那洁白的羽毛，颀长的脖子，高大的身躯，与鸡站在一起时，大有鹤立鸡群的感觉。

鹅走起路来很有特色，昂首挺胸，还晃来晃去，很像一些将军肚突出的领导在背着手视察工作。鹅最有意思的部位，还属它的脖子。那脖子虽然长，却很灵活。在寻觅食物时，低着头，脖子绷得直直的，像一根鱼竿。当发现食物时，会将头立即弯下去，与脖子形成一个明显的"问号"。当无所事事时，又将脖子伸向天空，眺望着远方。

鹅的外表虽然可爱，性情却很凶悍。当它看到有小朋友进入院子里时，会扭动着身子跑过来，迎面猛啄一口。被啄一次后，小朋友们便再不敢轻易进入这院内。一朝被蛇咬，十年怕井绳。在看家护院方面，鹅与狗还真有一拼。

鹅由于体形较大，下出来的蛋也很大，一颗鹅蛋大约是一颗鸡蛋的四五倍。当看着这颗硕大的鹅蛋时，不禁心生羡慕——好大一颗蛋。

鉴于鹅蛋的形状为椭圆形，所以一些形状和鹅蛋相近的石头也被称作鹅卵石，并被大量铺设在公园、广场和河堤的小路上。走在这样的路面上，似乎能起到按摩脚掌的神奇效果。

与鹅相关的一个成语，便是"鹅毛大雪"。在我们常见的文章中，人们一旦形容雪片之大，便是"天空下起了鹅毛大雪"，仿佛除了这四个字，再没有其他的语言了，感觉写作进入了死胡同，达到了"词穷"的困境。以致我一见到"鹅毛大雪"四个字，就想笑。不过，"鹅毛大雪"之所以会高频率出现，人家也是有来头的。它最早出自唐代诗人白居易的《雪夜喜李郎中见访兼酬所赠》中的"可怜今夜鹅毛雪，引得高情鹤氅人。"如果想对这句话有所创新的话，可以将"鹅毛大雪"换成"鸡毛大雪"或"鸭毛大雪"，但效果似乎还是不如"鹅毛大雪"好。毕竟从体形上看，"鸡毛"与"鸭毛"确实不如"鹅毛"大，而当时的雪花确实很大，大的就像"鹅毛"那么大。

二

鸭子。

鸭子与鹅长得有点相似，但比鹅小，又比鸡大。从体形上看，它属于居中。

鸭子和鹅一样，都比较喜欢水。所以有句谚语叫"鸭子浮水——下动上不动"。这句话本来是用来形容鸭子浮水时的状态的，但后来用来比喻一些人表面上不露声色，暗中却悄悄行动或活动。

与此相关的还有一个词，叫"旱鸭子"，用来形容不会游泳的人。

现在，"鸭子"还有另一层语义，特指失足男子。我一直不太明白这一称呼因何而来，二者具有什么样的关联性。就如与之对应的另一个词——"鸡"一样，同样不知因何而来，有何关系。人类在创造词汇时，具有很大的随意性和嫁接性，本来是自己做的事情，非要扣在别人的头上，或者是动物的头上，正如这鸡与鸭。其实，不管是男人也好，女人也罢，你们失不失足，与人家鸡与鸭又有何干？

鸭子被人们熟知的另一个词汇是"烤鸭"。烤鸭中又以北京烤鸭最为知名，其与北京炸酱面基本上属于一个层级。

鸭子活着的时候以戏水为乐，死后却因被火烤而知名，命运有时就是这样，充满了戏剧色彩。

三

画眉鸟。

画眉鸟在外形上的一个显著特征，就是其眼睛四周有一圈白色的羽毛。因这圈白色的羽毛与相邻羽毛的颜色形成了截然相反的两种色调，看上去像是故意画了眉，画眉鸟便因此得名。

在村庄，一场大雪之后，便可以套鸟了。

村庄里的大雪比较壮观，一场雪后，整个世界全成了白色，银装素裹，分外妖娆。不像城里的大雪，刚一下就被铲雪车推到了道路两边，然后就是播撒融雪剂，不一会儿的工夫，雪的踪影全没了，只剩下了消融后的黑色污雪。雪后的村庄，鸟儿在半空飞翔着，俯瞰大地，寻找着每一处可能存在的与白色不同的颜色，试图发现一丁点粮食的蛛丝马迹。而这个时候，陷阱往往也出现了。一个简易的捕鸟装置，也许就裸露在故意扫开的一片黑色地面上。用马尾或马鬃搓成的绳套固定在一块儿木板上，绳套的下面撒一把粮食，便构成了捕鸟器。不一会儿，就有被绳套套住的各种鸟，这其中就有画眉。

人们逮住画眉时，一般都不会将其弄死，大都要找一个工具，诸如筛面粉的罗子，把它扣在下面养起来。但它们刚烈的很，宁肯饿死，也不吃俘虏之食，最终因绝食而死。在守节方面，人有时候还不如一只鸟。

四

百灵鸟。

在老家，经常会看到一种鸟，头上顶着羽冠，比麻雀略大一点，颜色和麻雀很接近，只是稍稍浅了一点，人们一般都会叫它"大角角鸟"。之所以叫它"大角角鸟"，是因为它头上的那一顶羽冠像一个"角"，由此而得名。后查阅资料，发现它有一个很响亮的名字——凤头百灵，原来人家属于百灵鸟的一种。

在小时候冬季的捕鸟行动中，除了画眉，被捕获的猎物中，也有凤头百灵。不管是画眉也好，凤头百灵也罢，被俘虏后，基本都会因绝食而死。所以试图将它们"捕而养之"的思路，是行不通的。

见到凤头百灵时，它以地面行走的姿态居多，在天空飞翔的姿态较少，可见它是喜欢散步的。因其羽毛颜色较浅，不像喜鹊那样黑白分明，所以一般不容易发现，除非走到跟前。

除了小时候捕鸟时的亲密接触，在我们生产厂区内，也多与其会面。在厂区宿舍前面的空地上，有两处翻耕后的土地，一只凤头百灵经常会来到这里，低头寻觅着食物——也许是一条虫子，也许是一粒种子。我一直很好奇，为什么只是一只而不是两只。结果观察了很长一段时间，发现还是一只。莫非鸟类中也有喜欢单身的？还是它刚刚单身？

考虑到厂区附近没有水源，我便用一只废弃的盘子盛满了水，放到它经常活动的地方，结果它离盘子远远的，像是有意在疏远，又像是无意的漠视，如此一来，便终究没见它喝过一次水。

后记

一

  非常感谢凌翔先生策划出版了这套丛书，作为丛书的一个组成部分，这本书便有幸面世了。

  这是一本专门书写动物的书。

  书里的动物，大都是我二十多年村庄生活的所见所闻，如一只狗、一只羊、一只鸡、一头牛、一头猪，一匹马，它们都与我共同生活在一个大院内，亲密接触，朝夕相处。它们的一举一动，一笑一颦，我都是非常了解的。只有一小部分的篇幅，诸如乌龟、厂区里的蛇、厂区里的猫，是我走出村庄后的见闻。它们共同构成了这本书的全部角色。

  其实，出现在这本书里的动物，只是我生活中见到的一小部分，很多动物没有被纳入书中，尽管它们大量存在着。有些动物也许从没有引起我的注意，有些动物也许也曾引起过我的注意，但在书写的时候又把它们忘掉了，尽管它们一直离我很近，且从未离开过。还有一些动物，我压根儿就不知道它们的名字，所以又无法去书写。譬如，在厂区的宿舍内，每晚都会有一些长着翅膀的迷你型绿色小昆虫飞到我的头上、脸上、胳膊上和电脑的屏幕上，在屋顶灯管的四周，更是密密麻麻一片，到了白天，它们又消失得无影无踪了。它们叫什么名字，我一无所知。同样是在晚上，在宿舍的墙壁、地板和玻璃上，形状各异、大小不一、肤色迥异的各种昆虫或爬行或飞行或碰撞或坠落，充斥着我的整个宿舍，并发出各种不同的声音，形成了一首独特的旋律。在屋外，那些向往光明、"噼噼啪啪"冲撞着玻璃的各种昆虫布满了半壁窗户。它们又叫什么名字，我依旧一无所知。

再者，受篇幅所限，也不能放开手脚去海阔天空地写，那样的话，书的厚度可能与《平凡的世界》有一拼了。但我又不是路遥，写那么厚的书，谁愿意静下心来去读？

二

儿子知道我在写一本关于动物的书后，便帮我想了很多动物，他提到的动物中有一些是我遗漏掉的。看来他动辄就买书，且大量阅读动物百科类的书籍，确实是有裨益的。一日，儿子问妻子："妈妈你怎么不写一本书？你可以写一本关于植物的书，书名可以叫做《心中的玫瑰花开放了》，比如'玫瑰花的香气飘散到了全世界''闻到味道的人们都过来摘一朵玫瑰花，一朵玫瑰一朵爱''玫瑰的华丽永远浪漫在人们的心中''浪漫在人们心中的，不止有爱，还有美丽，还有散发着玫瑰香气的幸福''我和妈妈牵着手去摘玫瑰花，带着花香在散步'……"

这一年，儿子七岁，马上就要读小学一年级了。这家伙的语言天赋确实很惊人，自从会说话起，就经常冷不丁冒出一两句经典的语句来，与他的年龄格格不入。遥想当年，我在这个年龄段时，能力全在憨吃愣害上。至于写作，呵呵。记得上小学时，因写不出一篇作文急得"哇哇"大哭，最后硬是父亲帮着口述了一篇，由我写在了作文本上。当我写第一本散文、短篇小说集《阿Q的微信朋友圈》时，彼时儿子还小，尚不明白写作为何事，只知道他睡觉时我还没有睡，他醒来时我已开始写作。现如今，刚刚过了两年，他已能为我做一点力所能及的帮助。我甚是欣慰。

三

妻子一直是我的贤内助，无论是在生活方面，还是在工作方面，都给予了我大力支持。无论是上一本的《阿Q的微信朋友圈》，还是这一本书，她都是我的第一读者、第一校对和第一意见人，经过她的校对、修改和合理化建议后，我才将稿件交付出版社。

母亲得知我又在写书后，劝我不要写了，她觉得写书费脑子，费脑子就要掉头发，而我现在的头发已经很少了，再写就更少了。其实我心里很明白，写书无关头发多少，鲁迅、李敖、金庸写了那么多的书，头发都比我多。

父亲是我的忠实读者。我的上一本书出来后，据母亲说他一页不落读了两遍，我不知道他有没有读第三遍，因为我后来一直没有问。而我的上一本书出来后，我再没有完整地看过一遍。

这本书因创造时间跨度较短，知者甚少。而我已是第二次出书，心情也平静了许多，不像第一次出书那样，既兴奋又激动，甚而有点亢奋与躁动。

不过，人生的很多第一次，又莫不如此。

四

  有人曾说，一个人的成就基本是在业余时间内完成的，我深表赞同。这本书里收集的文章，大多写于晚上。在忙碌了一天后，晚上除了陪儿子玩一会儿，再就是一些材料、数据的撰写与报送，试图挤出一点空闲时间还是可以的，只要你想挤的话。如何利用这些空闲时间，因个体差异，方式可能各不相同。有人选择了玩微信，有人选择了刷抖音，有人选择了追剧，有人选择了健身，还有人选择了酒局……

  而我只有三个爱好——读书、写作、运动。如果有空闲的话，除了锻炼身体，就是读书，再就是写作。如果不和文字打点交道，感觉生活里都缺少了什么。

  鉴于此，便有了这本书的面世。

刘霄
2019 年 8 月